過《か》保《ほ》護《ご》な弁《べん》護《ご》士《し》と寂《さび》しがりな彼

きたざわ尋《じん》子《こ》
ILLUSTRATION：壱《いち》也《や》

過保護な弁護士と寂しがりな彼

LYNX ROMANCE

CONTENTS

過保護な弁護士と寂しがりな彼

瑠佳《るか》が初めて彼に会ったのは、大学四年の三月――もうすぐ修士課程へ進むという時期だった。

一年半ほど前に母親を亡くしたというのに、続けて父親までもが帰らぬ人となってしまった、その翌日のことだ。

感情が追いつかないまま暗い部屋のなかでぼんやりしていると、スマートフォンが着信を知らせて光り始めた。

そういえば先ほどから何度も光っていたような気がする。音を消していたのは、静かな部屋に響くそれがひどく煩わしかったからだ。

番号は知らないもので、昨日も数回かかってきたが瑠佳は出る気にならずに放っておいた。

「こんなことじゃダメだよね……モカ」

投げ出した足にぴったり寄り添って眠る愛犬を、そっと撫《な》でる。ふわふわの毛が指に心地よくて、ほんの少しだけ表情が和らいだ。

五歳のポメラニアンは瑠佳にとって唯一の家族で、これからは瑠佳が一人で守っていかなければならない存在でもある。

ぼんやりとしているうちに日は落ちていたようだ。そろそろモカに餌《えさ》をやらなければいけない。

手元のスイッチで明かりをつけ、起こさないようにゆっくりと立ち上がったものの、動いた瞬間にモカはパチッと目を開けた。いつもなら食事の気配を感じ取ってそわそわし始めるのに、昨日からは心配そうにじっと瑠佳を見つめるばかりだった。

「ごめんモカ。ご飯の時間だったね」

ドライフードを皿に盛っていつもの場所に置くと、モカは躊躇《ためら》うような様子を見せた後でカリカリと音を立てて食べ始めた。

見慣れた光景なのに、もう以前とは違うのだと不意に実感した。

いまは自分とモカだけしかいない部屋がひどく広く感じられた。二ＬＤＫのアパートを手狭に感じていたのが嘘《うそ》のようだ。

モカが食べ終わっても、瑠佳はその場にしゃがみ込んだままだった。

頭がまったく働かない。それどころか食べることも眠ることも上手《うま》く出来ず、ただ無駄に時間だけが過ぎていく。

昨日から空腹感も眠気も感じていなかったが、水分だけは取らねばと、ときどき水道水を無理に流し込んでいる。

「散歩も行けてなくてごめん……いまから行く？」

幸い今日は三月なかばにしては寒くないし、雨でもない。近所を一周するついでに外の空気でも吸えば、少しは頭がすっきりするかもしれないと思った。

立ち上がろうとしたとき、不意に呼び鈴が鳴った。

来客の予定はないが、父親の知り合いかもしれないと玄関まで行く。古いこのアパートは通話機能がない呼び鈴がついているだけだった。

「どちらさまですか？」

「突然お伺いして申し訳ありません。本宮《もとみや》瑠佳さんでしょうか？　私は遠藤《えんどう》総合法律事務所の久賀《くが》と申します。何度かお電話を差し上げたのですが繋《つな》がらなかったので、直接伺ってしまいました。少しお話しさせていただきたいのですが」

若い男性の声だった。少し低くて歯切れがよく、そのくせ柔らかくて耳に心地いい。

だが瑠佳は顔をこわばらせた。

「昨日、遠藤って人に断ったはずです。もうお話しすることはないです。そっちとはもう縁が切れてるんで、父を渡すつもりはありません」

「それは当然のことだと思っています。お父さまを引き渡せという話ではありません。遠藤にも本宮比沙子《ひさこ》さんにも黙って来ています」

予想外の言葉だった。本宮比沙子というのは会ったこともない祖母であり、遠藤というのは彼女の顧問弁護士だという人物だ。

「あの……だったらどういったご用件でしょうか」

「とりあえずは葬儀のお手伝いをさせてください。それから、君の今後のことを一緒に考えたいと思っています」

「……どうして、そんなこと……」

寄り添うような言葉をかけられて、声が震えそうになった。顔も知らない相手なのに、弱った心は笑えるほどに無防備だった。

「君のお父さんとは昔の知り合いなんです。だから今日は仕事ではなくプライベートでの訪問です」

「お父さんの……？」

「佳一《よしかず》さんが家を出るまでの付き合いでしたが、とてもよくしていただきました」

懐かしさと好意を滲《にじ》ませる声に、瑠佳は心を決めてドアのロックを外した。話を聞く程度ならいいかと思えた。

そこに立っていた人を見て瑠佳は声をなくす。

イケメンなどという言葉で表すのが申し訳なく思うほど、美しく整った顔をした人だった。切れ長の目は知的で、すっと通った鼻筋も引き締まった口元も、絶妙なバランスで配置されている。一分《いちぶ》の隙もなかった。おまけに見上げなくてはならないほど背が高く、姿勢がよくて手足が長い。身体《からだ》にきちんとあったスーツはきっとオーダーだろう。

　そんな見たこともないような美丈夫が、気遣わしげな視線を瑠佳に向けてくる。

　瑠佳が我に返ったのは、モカがやってきて足にぴったりとくっついたときだった。

「あ……ど、どうぞ」

「お邪魔します」

　久賀と名乗った男性は、頭を下げてから部屋に上がった。先ほどよりも少し声音が硬いようにも聞こえたが、追及するほどのことでもないので瑠佳は黙っていた。

　ダイニングテーブルの席を勧め、ティーバッグの紅茶を入れて出した。

　彼は丁寧なお悔やみの言葉を口にした後、深く頭を下げた。

「遠藤が失礼なことを申し上げたそうで、大変申し訳ありませんでした」

「顔を上げてください。あなたが謝ることじゃないと思うし、遠藤さんだって雇い主にそう言えって言われて伝えただけですよね？」

「それはそうなんですが……」

「だから別に遠藤さんには怒ってないです。父の母親だって人には、いろいろ思うところがありますけど」

　葬儀は親である自分に仕切らせろと、本宮比沙子は弁護士を通じて言ってきた。孫である瑠佳とは

会おうとも話そうともしなかった。

「うちの母のこと認めなかったみたいですし、俺のことも孫だって認めてないってことですよね？」

「かなり意固地になっているのは確かですが……」

彼は言いにくそうにしていたが、瑠佳は気にもしていなかった。自分にとって本宮比沙子は、父親の母……というだけの人物だったからだ。

「俺にとっても、父の母親……ってだけの人です。だから、父の葬儀はこっちでするし、遺骨も渡しません」

「はい。その件についてはすでに納得されていると聞いています」

「そうなんですか……。えっと、それで……久賀さんって、どういう立場の人なんでしょうか」

祖母の顧問弁護士の部下……というだけではないだろう。見たところ二十代なのに、二十数年前に家を出た佳一と面識があるというのだから。

「あらためまして、久賀暁斗《あきと》と申します。遠藤の甥《おい》で、比沙子夫人と私の母が親しくしていたこともあって、子供の頃から本宮さんのご自宅に出入りしていたんです」

差し出された名刺を受け取り、瑠佳は小さく頷《うなず》いた。

「ああ……だからうちの父親とも……」

「ええ。弟のように可愛《かわい》がってもらいました。歳《とし》がひとまわり以上違いましたし、佳一さんが家を出るまでですから、本当に小さな頃の話ですが……。佳一さんと比沙子夫人のことは、聞いていますか？」

「もちろん。結婚に反対されて駆け落ちしたんですよね。でも実家の話はほとんど聞いたことなかったです。俺も聞こうと思わなかったし……」

「そうですか」

反対したこと自体はある意味当然だろうと瑠佳は思っている。なにしろ当時父親は二十歳《はたち》の大学生で、比沙子は一人息子をかなり大事にしていたようだった。夫を亡くした後、女手一つで育てたというからなおさらだろう。

そして瑠佳の母親である真理亜《まりあ》は佳一より二歳年上の社会人で、天涯孤独の身の上だった。一目でハーフだとわかる容姿をしていて、両親ともに所在不明。英会話教室の教師をしながらモデル事務所にも所属し、モーターショーなどのコンパニオンもしていた。

露出の激しい衣装なども着ていたらしく、そのあたりも祖母だという人は気に入らなかったのだろう。

「お母さまはいつ？」

「一年半ほど前です。二年くらい闘病してたんですけど、ダメでした」

そうして佳一は、昨日突然亡くなってしまった。愛犬の散歩中に倒れ、たまたまそこが人目につきにくい場所だったために発見が遅れてしまったのだ。病院に搬送されたものの、意識を取り戻すことなく逝《い》ってしまった。

「比沙子夫人に連絡をしたのは、佳一さんの同級生だったと聞きましたが」

「搬送された病院に、たまたま父親の知り合いだって人がいて……そんなに親しいわけじゃなかったらしいですけど、実家がわりと近いって言ってました」

その人は病院職員で、佳一が駆け落ちしたことも実家とは没交渉であることも知っていた。それでもさすがに亡くなったことは知らせるべきでは、と言ったので、納得して連絡を頼んだ。結果が件《くだん》の要求だったわけだが。

「では佳一さんは、そちらの病院から紹介された葬儀社に？」

「あ、はい」

「葬儀についてはどのように？」

「とりあえず父を預かってもらってるだけで……具体的な話は昨日は無理って言って、そのままです」

もしかしたら何回もかかってきた電話のほとんどが葬儀社からのものだった可能性はある。

暁斗は頷いて、後の手配を引き受けてくれた。家族葬という形で一番小規模なものにし、比沙子が望めば出席してもらってもいい、ということにした。

さすがに実の息子の葬儀に出るなとは言えなかった。

話し合いのあいだ、モカは瑠佳の膝に乗って、空気を読んだかのようにじっとして存在感を消していた。

「あの……さっき内緒で来てるって言ってましたけど、大丈夫なんですか？　バレたら立場悪くなったりとか……」

「問題ないですよ。私が君に肩入れしたくらいで比沙子夫人の不興を買うことはありません。伯父の立場が悪くなることもないでしょう」

暁斗はにっこりと笑い、瑠佳の懸念を否定した。真偽のほどはわからないが、人間関係をまったく知らない立場ではそれで引き下がるしかなかった。

「あの、出来れば口調……久賀さんみたいな人に敬語使われると、なんか落ち着かなくて。仕事じゃないわけだし、普通にしてください」

「じゃあ、普通に。瑠佳くんと呼んでも？」

瑠佳は大きく頷き、気になっていたことを口に出した。

「あの、俺いま獣医学部に通ってて、四年生で、あと二年なんですけど……途中からでも奨学金って受けられますよね？」

「申請可能なところをピックアップしておくよ。まだ時間はあるから、そのあたりはゆっくり考えればいい。今日のところは、君のお父さんの話をしよう。それからお母さんの話も聞かせてくれないかな？」

「なんですか、それ」

「故人を偲《しの》ぶ、ってやつだよ。僕が知ってるのは二十歳までの佳一さんだから、どんなお父さんだったのか教えて欲しいんだ」

「どんなって、普通……ですよ。優しくて、お母さんに頭上がらなくて、でもすごく頼りになって、なんだって話せて……」

言いながら声が震えてきて、自覚した途端に言葉が続かなくなった。

本当は心細くて仕方なかった。もう父がいないのだと実感するにつれ、まるで足下が崩れていくような錯覚すら覚えた。

モカを守ってしっかりと生きていかねばいけないのに。

「すみません、なんか……」

とうとう目の前がぼやけて、次の瞬間には涙がこぼれ落ちていた。父親の死を知らされてから、初めて流す涙だった。

今年の残暑はさほど厳しくはない。

瑠佳も実感しているし、あちこちでそう言われている。とはいえ、今日の最高気温は三十度にはなりそうだった。

「おはようございます」

「おはよー、本宮くん。モカちゃんもー」

スタッフルームに顔を出すと、動物看護師の杉野《すぎの》明里《あかり》がにこやかに笑いかけてきた。

父を亡くして一年と半年、瑠佳はいま奨学金を受けながら大学付属の動物病院で実習中だ。国家試験までは半年を切っている。

大学は比較的歴史が浅く、自由で独特な学風が売りだ。獣医学部も例外ではなく、他校からは「緩い」と揶揄《やゆ》されることもあるものの、国家試験の合格率が高いことでも知られている。

少なくとも瑠佳にはここの環境があっていた。第一志望だった国立の試験当日に体調を崩し、滑り止めのここ――新成《しんせい》大学に入った瑠佳だったが、いまではそれでよかったと思っている。学費のことでは亡き両親に負担をかけてしまったけれども。

「モカ、いい子にしてるんだぞ」

部屋の片隅に置いてあるケージにモカを入れ、ロッカールームで身支度をすませる。事情をすべて説明した上で、許可を得てモカとともに通っている状態だ。手が空いた者がケージから出して遊んでくれたりもするので、モカもそれなりに楽しく過ごしているようだ。

間もなく獣医師の小野田茜《おのだあかね》が現れた。二十八歳の女性で、瑠佳は彼女のアシスタントになることが多い。

予約が入っている患者のカルテや紹介状に目を通し、事前準備を進める。

「今日の朝イチは気が楽ね」

「ミミちゃんですもんね」

患者は七歳の雌猫で、飼い主の佐々木千枝《ささきちえ》という七十代の女性は一年ほど前からこの病院に通っている。三匹の猫を一匹ずつ連れてくるのだが、いずれの猫も大きな病気をしたことはなく、予防接種や健康診断、爪切りが来院目的だ。

おとなしい三毛猫は診察台の上でされるがままで、保定する瑠佳としても楽な患者である。

今日も台に乗せられてからずっとじっとしていた。

「すみません。爪切りは本宮に任せても？」

検診が一通り終わると、小野田は診察室の外を気にしながら言った。少し前から、小型犬がひゃんひゃんと鳴く声が聞こえていた。

「ええ、もちろん。あの鳴いている子、確か以前吐いてしまった子よね」

「ありがとうございます。そうなんですよ。じゃ、本宮くんよろしく」

「はい」

今度は看護師の明里に保定してもらい、瑠佳は爪を切っていく。佐々木が自分で切らないのは、以前深く切り過ぎて出血させてしまったことがあるからだという。

「いつもごめんなさいねぇ。やっぱり怖くて」

「いえ、大丈夫ですよ」

言葉通り、おとなしいミミの爪を切るのは簡単だ。明里の補助がなくても出来るくらいなので、あっという間にすべての爪を切り終えた。

さほど嫌なことだと感じていないのか、ミミはゴロゴロと喉を鳴らして瑠佳の手に頭をすりつけてくる。

「ミミちゃん、ご機嫌ねぇ」

「いつもいい子ですよね」

「とんでもない。本当はとってもおてんばなのよ。本宮先生が大好きだから、おしとやかにしようと頑張ってるのね」

ふふ、と笑う佐々木の目尻には穏やかな皺《しわ》が刻まれる。

品がよくて穏やかで、この人が来るといつもほんわかとした空気が流れる。

「また来週お願いね。今度はルークの番なの」

「お待ちしてますね」

佐々木とミミを送り出してから小野田がいる隣の診察室へ向かう。明里は診察台の清掃のために残った。

小さなノックをしてから、瑠佳はそっと診察室に入った。


「お疲れー。佐々木さん、また差し入れくださったみたいよ」

小野田とともに遅いランチタイムに入ると、先に休んでいた看護師や獣医師が手を振ってきた。スタッフルームの中央に置かれたテーブルには和菓子の入った箱があった。毎回ではないが、佐々木は時折こうして差し入れをくれるのだ。

「お先にー。美味《うま》いよ、これ」

同じく実習中の同級生がどら焼きを頬張《ほおば》りながら手を振った。瑠佳たちは診療が長引いていたのだった。

すでにケージから出されていたモカが瑠佳の元に駆け寄ってきた。それを抱き上げて膝に乗せ、持ってきた自作のおにぎりを食べ始めた。

「ほんとに佐々木さんがくれるお菓子って美味《おい》しいよねぇ」

月に一度のペースで差し入れられる菓子はどれも好評で、楽しみにしているスタッフも多い。

「今日はミミちゃんでしたっけ」

「そう。来週はルークだって」

「あの子、なんだか本宮くんに似てると思わない？　なんとなくだけど」

小野田の言葉に、スタッフたちは「あー」と言いながら半笑いになった。

「いや、名前のせいでそう思うだけじゃないですか？」

瑠佳という名前は、クリスチャンだった母の希望でつけられたものだ。とはいえ瑠佳自身も佳一もクリスチャンではないが。

「確かにルカとルークは同じだけど、そうじゃなくてイメージの話よ。本宮くんって犬飼いさんだけど本人は猫っぽいのよね」

「確かに」

「佐々木さんも自分ちの子と似た名前だから、本宮くんのこと気になっちゃうのかな」

「え？」

「だって、あの人かなり本宮くんのこと好きよね」

「そのおかげで美味しいものが食える」

同級生に拝む真似《まね》をされ、瑠佳は苦笑した。

皆に愛想がいい人だから気付かなかったが、誰からも否定の声が上がらないところを見ると小野田の言葉は正しいのだろう。

少し気恥ずかしかったが、悪い気はしなかった。ああいう人が祖母だったら、きっと瑠佳や両親の人生は違うものになっていたのだろうとも思う。

「そういや、卒論進んでるか？」

小さな声で同級生が尋ねてきた。

「それなりに」

「マジか。いや、そうかなとは思ってたけど……そうかぁ」

口ぶりからして思うように進んでいないようだが、瑠佳たちの所属する小動物内科学研究室は卒論がかなり緩い。要するに実習に重きを置いているので、卒論は体裁が整っていればいいらしい。

それから短い昼休みを過ごして午後の実習をこなし、ほぼ時間通りに帰り支度を終えた。

「お疲れさまでした」

リードをつけたモカを連れ、病院を後にする。行き帰りは悪天候でない限りモカの散歩に当てているが、念のためにリュックのなかにはスリング——抱っこバッグ——も入っている。病院から家までは徒歩で四十分ほどなので、モカが途中で散歩を拒否することもしばしばだからだ。

今日の目的地は家とは別だ。二週に一度の暁斗に会う日なので、自宅ではなく指定された店へと足を向ける。

歩いて二十分ほどのところにある、ペット同伴可の席があるレストランだ。一般客とは別の入り口があるのでそこから入ると、名前を告げる前に席に案内された。個室ではないがボックス席なので周囲の視線は気にならない。

「お待たせしてすみません」

「時間通りだよ」

仕事帰りの暁斗は当然スーツ姿だが、ネクタイとシャツのボタンを一つ外している。それだけで硬質な雰囲気が和らいで色気が増して見えた。

同性の瑠佳が見てもドキドキしてしまう大人の色気だ。暁斗の歳で——二十八歳でこんな雰囲気が出せる人はそうそういないのではないだろうか。

内心の動揺を悟られないよう、瑠佳は自然に視線を外して席に着いた。事前にスリングに入れてあったモカをベンチシートの隣に下ろす。テーブルでモカの姿はほとんど見えないはずだ。

「変わりない？」

「大丈夫です。卒論の目処《めど》も立ったし」

「そう。ちゃんと食べてる？」

「えーと……はい」

「本当に？」

「あの、一応カロリーは取ってます。いやあの、先週からちょっと忙しくて、作り置き食べ尽くしちゃって。でも今度の休みにちゃんと作るんで本当に大丈夫です」

　料理はあまり得意ではないが、それでも自炊はしている。休みの日に纏《まと》めて作って冷凍し、栄養が偏らないように気をつけているのだ。これは炭水化物中心に食事をすませていたのを知った暁斗から約束させられたからだった。

「じゃあ今日は、その分を食べないとね」

「……ありがとうございます」

　隔週の食事は近況報告と銘打っているが、本当はこうして瑠佳に栄養のあるものを食べさせるためなのだ。一年半前に出会って以来、暁斗はあらゆる面で瑠佳に手をさしのべてくれる。

　父親の葬儀から納骨まで手続きをして付き添い、アパートを借りる際には物件選びから内覧まで付き合った上に保証人になってくれた。出会った頃は父親が亡くなった直後ということもあり、心配して毎日のように様子を見にきてもいたし、自宅に招いて食事を振る舞ってくれたりもした。

会う頻度は瑠佳が落ち着くにつれて減っていき、半年ほど前から隔週になっている。メッセージのやりとりは、いまでも一日おきくらいにしているが。

ちなみに祖母の比沙子が葬儀に現れることはなく、代わりに遠藤が弔意を伝えにきた。曰《いわ》く、体調を崩したとのことだった。本当かどうかは知らない。瑠佳はあえて聞こうと思わなかったし、暁斗も弁明するようなことは言わなかったからだ。

「サラダと根菜のグラタンと、肉はマストだね。たっぷりタンパク質も取らせないと」

暁斗は自分がなにを食べたいかではなく、瑠佳になにを食べさせるかに重きを置いている。いつものことだが、今日はその気配が強かった。

(やっぱり保護者……うん、兄弟とかがいたらこんな感じだったのかな)

メニューを選びながら、ふとそう思った。

バランスの悪い食生活を送っていたのは事実なので、ここはおとなしく従うことにする。多少はリクエストをするけれども。

メニューが豊富で定期的に一部の料理が入れ替わるので、何度来ても飽きることがないし、味も雰囲気もいい店だ。けれども安くはないし、客層も年齢が高めだ。暁斗がここを選ぶのはペットの同伴が可能だからで、余計に瑠佳は申し訳なくなってしまう。

相談しながらいくつか料理を注文し、瑠佳はふっと息をつく。

「どうしたの？　また遠慮？」

「え？」

笑いながら、少し困ったような声が優しく告げる。

「顔に出てるよ」

「やっぱり毎回奢《おご》ってもらうのは申し訳ないっていうか」

「社会人になったら出すってことで納得したんじゃなかったっけ？」

「それは、そうなんですけど」

そもそも隔週で会う必要もないのだ。なにかあればすぐにメッセージや電話をしているのだし、こうして会ったところで重要な話をするわけでもない。

忙しい暁斗に時間を使わせてしまっている。それはとても罪悪感を伴うことだった。

「暁斗さん忙しいのに、それも申し訳ないなぁって」

弁護士としてのキャリアがまだ浅い暁斗だが、それでも多忙を極める毎日のはずだ。

彼が席を置く遠藤総合法律事務所は弁護士を二十数名抱えている、全国でも百位以内に入る中規模の事務所だ。扱う案件は企業法務が中心だが、会社の立ち上げから事業再生、あるいは倒産処理まで関わることもあるそうで、不動産取引やそれにまつわる紛争なども手がけているらしい。それ以外にもたくさんあるはずだが瑠佳はほとんど忘れてしまった。

わかっているのは刑事事件などは扱っていないということだ。たまに裁判所へ行くことはあるようだが、ほぼ民事や商事に関することだという。

「法律以外にもいろいろ勉強してるじゃないですか」

暁斗がメインで関わっている会社――社内に法務課がないところ――はいくつかある。若さと容姿で侮られることもあるそうなので、そのあたりに理解を示してくれた会社だそうだ。

「必要なことだからね。まぁ将来なにかと役に立つかもしれないし、結構楽しいよ」

社会に出ても勉強が必要なのは瑠佳も同じだろう。少しでも知識と経験を増やすため、あるいは医療の進歩についていくために、ずっと学ばねばならない。その前に来春の国家試験に受からねばならないのだが。

「ああ、そうだ。いつもの確認。比沙子夫人に会うつもりは？」

「ないです」

「わかったよ」

たったそれだけで確認作業は終わる。一応これが、食事会の名目の一つなのである。もちろんメインは「近況報告」だが。

「あっちだって別に会いたいわけじゃないんですよね？」

「まぁ、口に出して言ったことはないみたいだね」

「口に出すもなにも、会いたいと思ってないわけですし」

きっぱり言い切ると、なぜか暁斗は微苦笑を浮かべた。

そのタイミングでドリンクがきて、それぞれの前に飲みものを置いていった。店員がちらちらと暁斗の顔を見ていたが、さすがに仕事から逸脱したことはせずに戻っていった。

いつものことだった。一緒に歩いていれば道行く人が思わず振り返るし、黄色い声を浴びることもある。店に入れば店員がそわそわして気もそぞろになり、ときにはほかの客から隠し撮りをされたりもする。街でいきなりカメラマンだという人物——自称ではなく名の通った人だった——に撮らせて欲しいと名刺を渡されていたこともあった。

出会った頃に興味本位で聞き出したところ、昔からずっとこんな調子だったという。

幼稚園では女児が暁斗の取り合いで大げんかをし、小学校では同じ委員になるために壮絶な争いが起こった。うんざりしたので中学からは私立の男子校へ行ったが、下校時になるとどこからともなく近隣の学校の女子が出没し、校門の前で待ち伏せする事態が起きたそうだ。他校女子生徒によるファンクラブなるものもあったくらいの人気ぶりだった。

当然大学時代も大変だったらしい。そのあたりを話したとき、少し遠い目をしていた。

「あー、まただ」

「うん？」

「誰がここに料理運ぶかで揉《も》めてるっぽいです」

揉めているというのは言い過ぎだが、結構真剣な顔でこっそりジャンケンをしている姿が目に入ってしまった。

暁斗は苦笑したが、それだけだった。慣れ過ぎていちいち反応する気もないのだろう。

ジャンケンに勝ったらしい店員がサラダとアヒージョを運んできたので食べ始めると、おとなしかったモカがごそごそと動き始めた。

「あ、すみません。ちょっとご飯あげます」

計って持ってきたドライフードを容器ごと出すと、モカはもの凄《すご》い勢いでがっつき始めた。その様子を暁斗は目を細めて眺めている。

彼の反応もこの一年でずいぶんと変わった。

「あの……前にも言いましたけど、モカの分離不安症もよくなってきたから、置いてきても大丈夫ですよ？」

父親が亡くなった後、モカは瑠佳から離れると鳴き続けたり、いろんなものを囓《かじ》って壊したりといった症状が出た。いまにして思えば当時の瑠佳が不安定だったので、モカまでそうなってしまったのかもしれない。

症状は瑠佳の安定と平行してよくなっていき、いまではすっかり以前のモカだ。

「せっかくだし一緒でいいよ」

「でも……」

瑠佳は言いよどみ、意識だけをモカへ向けた。ただでさえ暁斗からは返しきれないほど恩を受けているというのに、これ以上負担はかけたくないというのが本音だった。

どうしたものかと思っていると、暁斗は不意に納得したようなそぶりを見せた。

「もしかして気付いちゃったか」

「う……あの、はい。暁斗さんって……犬苦手ですよね？」

確認する声は自然と小さくなった。

暁斗は少しばつが悪そうな顔で笑い、視線をモカに向けた。

「うん、そうなんだよね。結構上手く隠せてるつもりだったんだけどな。いやでも以前ほどじゃないはずなんだ」

「あ、はい。そうだと思います。最初の頃はちょっと緊張感ありましたけど、最近はモカがいてもさほどじゃないっていうか」

気付いたのは少し前のことだ。おそらく暁斗はモカに対してはかなり気を張って態度に出さないようにしていたが、以前柴犬《しばいぬ》が横を通り過ぎたときに相当の緊張感が伝わってきたことがあったのだ。

そして初対面のときの反応も思い出した。部屋に上がるタイミングで急に声が硬くなったのは、モカの存在に気付いたからだったのだろうと。

「小型犬は慣れました？」

「少しね。モカなら近くにいても緊張しなくなったよ。おとなしいし、吠《ほ》えないし」

「そうですね。この子は子犬のときからそうだったみたいで」

　モカはもともと近所の老婦人が飼っていた犬だったが、施設に入ることになって飼えなくなり、親しくしていた母がもらい受けたのだった。

「でも参ったな……そうか、バレてたか。格好悪いな」

「そんなことないです……！」

　気がつけばそう叫んでいて、自嘲していた暁斗は目を丸くした。

「俺なんて蜘蛛《くも》とか全然ダメだし、誰だってありますよそんなの。大学の同級生にも猫ダメってやついましたよ。さすがに大動物系に進みましたけど」

「僕は蜘蛛も虫も大丈夫だし、猫は好きだな。犬は……モカ限定で可愛いと思ってるよ」

「ありがとうございます。えっと……もう少し慣れたら、ちょっとだけ触ってみませんか？」

「むしろいまから出来そうな気がしてきた」

「えっ……あ、じゃあ……」

視線を落とすと、モカはとっくに食べ終わって瑠佳の顔を見つめていた。尻尾がファサファサと揺れている。

そこから抱き上げてテーブルの脇からそっと差し出すと、モカはじっと暁斗を見つめた。空気が読めるいい子だ。

「手はゆっくり下からがいいと思います」

暁斗はやや緊張した様子ではあったが、さほど躊躇《ちゅうちょ》することなく手を伸ばし、長い指先でモカの顔——頬あたりに触れた。ふさふさのオレンジの毛だけでなく、ちゃんと本体まで届いていた。

それから頭に移って数回撫でてから手を引く。

「……触れた」

嬉《うれ》しそうに笑う暁斗に、まるで心臓がぎゅうっとつかまれたような衝撃を覚えた。少年みたいな笑顔が、ひどく可愛らしく見えてしまった。

頷いてみせるのが精一杯だった。

（いやいや、こんな格好いい人を捕まえて可愛いだなんて、なにを思ってるんだ俺は）

動揺を必死に押し隠し、視線をモカに落として自分の隣に戻す。小さな頭を何度か撫でているうちに少し落ち着いた。

だがその後はなかなか暁斗を直視することが出来ず、ほとんど料理と暁斗の顔の下半分ばかりを見て過ごした。

今日の食事は一部記憶が曖昧になってしまった。

食事の後は家まで送ってもらうのが常だった。運動がてらと暁斗は言うが、瑠佳を案じてのことだというのはわかっていた。

出会った頃、心身ともに不安定だったせいで、いまだに心配させてしまっている。

「あんまり頻繁に会ってたらバレちゃいませんか？　それに毎回送ってくれなくても大丈夫ですよ？」

瑠佳はきちんと生活出来ているし、勉強も順調だ。暁斗が探してくれたアパート周辺は治安もよく、住人にもおかしな人はいない。

足下で跳ねるように歩くモカは、どうやら三人での散歩が大好きらしい。

こうして会っていることは比沙子にも遠藤にも黙っているそうだ。さすがに保証人の件は話してあるという。

「別にバレたっていいんだけどね。黙ってるのは比沙子夫人が拗《す》ねて、ますます意固地になったら困ると思って」

「拗ねる……」

反応に困ったので、いまのは暁斗なりのジョークなのだろうと思うことにした。

「君とモカが元気になったのはよかったと思うけどね。本音を言うと少し複雑でもある」

「はい？」

「もっと頼ってくれてもいいと思ってるから」

苦笑交じりの声に、思わず横顔を見つめてしまう。

「暁斗さんって過保護ですよね」

「そうかな」

「そうですよ。俺だってもう大人ですし」

出会った時点で成人していたが、あの頃はまだ自分を大人だと思ったことはなかった。当時と比べれば心構えは出来ているように思う。

アパートの前まで来ると、瑠佳は足を止めて暁斗に向き直る。

「ありがとうございました。あの、本当にもうあんまり気を遣わなくても大丈夫ですからね」

「僕がしたくてしてるだけなんだけどな」

暁斗はふっと笑い、頭半分は低い瑠佳の髪をくしゃりとかきまわす。

たまに彼はこんなふうにスキンシップを取ってくるのだ。やはり子供扱いなんだろうかと思っていると、髪に触れていた手が滑って頬にまで下りた。

「おやすみ。また連絡する」

「お……おやすみなさい……」

軽く手を挙げて去っていく暁斗の後ろ姿を、瑠佳はしばらくぼうっと見つめていた。

我に返ったのは足にモカが身体を寄せてきたときだった。

小さな身体を抱き上げて部屋に飛び込み、ドアに施錠したところで詰めていた息を大きく吐き出した。

「な……なに、さっきの」

髪をくしゃくしゃにされたことは以前にもあったが、あんなふうに頬に触れてきたのは初めてだった。大きな手が、まるで撫でるように触ってきた。

かぁっと顔が熱くなり、ドキドキと心臓が早鐘を打つ。

ああいったスキンシップはとても久しぶりだ。亡き母はやたらとハグが好きな人で、父親は褒めるときによく頭を撫でる人だった。さすがに頬に触れるようなことはなかったけれども。

「子供扱い、なのかな……」

出会ったときにはもう成人していたが、自分でもまだ子供だと思っていたように、暁斗の目にも大人には見えなかったのかもしれない。実際あのときの瑠佳は不安定で危なっかしかっただろう。

そして瑠佳も暁斗を亡くした家族の代わりにしてしまった。

「甘えっぱなしはよくないよね……。あ、モカはいいんだよ」

モカは可愛いのも甘えるのも当然なのだ。飼い主としてはむしろ甘えてもらいたい。

けれども瑠佳は人間の大人である。いくら学生だとはいえそのあたりは肝に銘じておかなければいけないだろう。

わしゃわしゃとモカを撫でながら、瑠佳は小さく頷いた。


ほぼ定時で午前中の診療を終えてスタッフルームに行くと、すでに戻ってきた数人のスタッフはテレビを見ながらランチを取っていた。

「お疲れさまです」

「お先ー」

ロッカーから持ってきた弁当を出し、空いているところに座る。中庭にあるキンモクセイが満開なので、窓はぴったりと閉められていた。ランチタイムなので強い香りを気にしてのことだろう。

「あー、裁判って今日か」

「執行猶予三年だそうですよ」

「何回かライブ行ったことあったんだよねー。格好よくて好きだったんだけどなぁ」

テレビのなかでは、リポーターが裁判所前から中継を行っていた。

以前薬物事件を起こした男性ミュージシャンの初公判が終わったばかりらしい。朝から傍聴席を求めて並んだ人たちも紹介されていた。

「ひっでー話だよ。巻き込み事故が半端なかったわ」

「巻き込みっていうより芸能界薬物汚染ってやつじゃないですか？」

ミュージシャンの男を中心にして、数名の芸能人が逮捕されたことは記憶に新しい。人気女優やアイドルもいたため、メディアは連日大騒ぎだった。

「清純派アイドルも地に落ちたよなぁ。可哀想《かわいそう》に、悪い男に引っかかっちまって……」

「可哀想なのは同じアイドルグループのメンバーだと思いますけど」

黙って聞いていた瑠佳もそこは大いに同意した。逮捕されたミュージシャンにも薬物にも関係ないのに、メンバーが逮捕されたせいでグループのイメージまでもが悪くなり、活動に支障が出た子たちが気の毒だと思った。

「あれ、本人出てきた……！」

「えーっ、普通は車で帰って後からコメント出すもんじゃないの？」

画面内ではこちら以上に騒然とした状態になっていて、リポーターも幾分興奮気味だ。ワイプに映る司会者も早口になっている。

カメラはアップで捉えているものの、取材陣は近づくことが出来ずにいる。ミュージシャンの男は裁判所の入り口のところで深々と頭を下げていた。

「釈放されるときはよく見るけどねぇ」

　室内にいる誰もがテレビに目を向けていて、食事の手が止まっているなか、瑠佳は黙々と手製——残りものや作り置きを詰めただけ——の弁当を食べていた。

「えっ、なに？」

「ちょっ……」

　戸惑った声と同時に、テレビからも慌てたような声が聞こえた。と同時に男の雄叫《おたけ》びのようなものも。

　思わず顔を上げると、テレビの向こうでは包丁を持った若い男が大声で喚《わめ》きながら走っていて、その視線の先にはミュージシャンがいた。

　正確には聞き取れないが、「おまえのせいでなんとかちゃんが」と言っているようだ。

　現場はパニック状態だった。包丁を持つ男に追われてミュージシャンが逃げ出し、その先にいる人たちも逃げ惑う。

「あ……」

　瑠佳の小さな声はかき消されてしまったが、視線は画面に釘付《くぎづ》けだ。なぜなら画面の奥に、見知った姿を見つけてしまったから。

スーツ姿の暁斗は、横を走り抜けるミュージシャンにちらりと目をやった後、追いかけてきた包丁男の腕をガッとつかみ、勢いを利用してそのまま叩《たた》きつけるように地面に倒してしまった。

あっという間の出来事だった。

「おーっ！」

どよめきは部屋とテレビの両方から聞こえ、続いてスタッフたちがパチパチと拍手をした。

取り押さえられた男は手足をばたつかせて暴れ、大声で喚き散らしているが、暁斗によって完全に自由を奪われている。ようやく警備員が駆けつけて暁斗に加勢した。

カメラは一部始終を映し出していた。暁斗の顔もはっきりと全国に流れてしまっている。

「格好いい……」

うっとりと呟《つぶや》いたのは看護師の明里だ。ちらりと見れば熱に浮かされたように目がとろんとなっていた。

「あれって何者？」

「さぁ」

「めちゃくそイケメンなんだけど、撮影とかじゃないよね？　ドッキリ？」

「ないない。だって普通に初公判の中継だったんだよ？　さすがにこれがドッキリだったら大炎上どころの騒ぎじゃないって」

撮影でないことを瑠佳は知っている。あの人は弁護士で、きっとなんらかの用事があって裁判所に出向いたところだったのだろう。

とっさのあの動きには驚いてしまったが、そういえば大学生の頃に趣味で格闘術のようなものを身につけたと聞いたことがある。

「あ、警察来た」

取り押さえられた男が連行されていく頃、昼休みは終わってしまった。後ろ髪を引かれる思いで午後の診療に向かうのは瑠佳だけではなさそうだった。暁斗に大きく興味を示す明里はもちろん、顛末《てんまつ》が気になって仕方ない者が何人もいた。

それから数時間の実習をこなし、帰る時間になっても院内は暁斗の話で持ちきりだった。

「あの人、弁護士さんなんだって！」

スマートフォンを片手に明里が情報を集めている。彼女だけでなく、数名が目を輝かせながら情報を拾い上げていた。

「久賀暁斗っていうんだって。二十八歳なのかー」

「あの顔で頭よくて強いとか、最高じゃない？」

「最近弁護士のイメージよくなかったけど、これはいい弁護士だよね」

「あー確かに。ヤバい人が何人もいたもんねぇ」

話を聞きながら、そんなこともあったなと瑠佳は小さく頷く。

　今年の春先から夏のあいだに、弁護士による不祥事がいくつか続いていた。巨額詐欺事件に公職選挙法違反、我が子への虐待など、いずれも容疑者が弁護士だったことで相当イメージが悪くなっていたのは事実だ。

「お先に失礼します」

「あ、お疲れさまー」

　病院から大学の研究室へ行くあいだに暁斗へメッセージを打ってみたが、なかなか既読はつかなかった。無理もない。きっといまごろは昼間の件で対応に追われているのだろう。

　リターンがあったのは家に戻って何時間もたった頃だった。

「しばらく忙しくなりそう……か。そうだよね」

　ニュースサイトやＳＮＳを見る限り、盛り上がりはかなりの激しさだ。テレビでは例のシーンが各局の各時間帯で流されているようだし、それを切り取って拡散もされている。

「……なんか不思議」

　知り合いをテレビのなかで見ることになるとは思っていなかった。

　よほど世間にインパクトを与えたのか、ミュージシャンの初公判の結果などもはやどうでもいいようだった。かのミュージシャンは学生時代にはケンカに明け暮れていただの手下が何十人もいただのと真偽不明の逸話を持っており、デビューしてからも「オラオフ系」として知られていた。今日のことでそんなパブリックイメージも崩壊したと言えるだろう。

「これからどうなっちゃうんだろ」

思わず溜《た》め息が漏れるのも仕方ないことだった。少なくとも暁斗の平穏は乱されるし、煩わしさも増えるだろう。

落ち着くまで会えなくなるかもしれない。

寂しいなぁと、瑠佳は口のなかで小さく呟いた。

翌日も朝から動物病院内は賑《にぎ》やかだった。

「久賀さんってクォーターなんだって。でね、お父さんがドイツ人とのハーフのオペラ歌手で、お母さんはピアニストだったらしいよ」

「あーそうなんですね」

とっくに知っていることではあったが、一応相づちは打っておく。妙にハイテンションなので下手に刺激したくなかった。

「私もちょっと調べちゃいました！　中学生のときに両親がアメリカで亡くなって、母方の伯父さんのところに行ったんですよね？」

「そうそう」

食いついたのは瑠佳の同期の学生で、日頃から話題は俳優やアイドルといった芸能関係ばかりの女子だ。

「はぁ……それはともかく、もしかして寝不足ですか？　顔色よくないですけど」

明里がべったりと目の下にクマを作っているのが気になってしまった。メイクでも隠せないほど顔に出ていた。

「明け方まで久賀さんの情報漁《あさ》ってたから」

その後も明里の久賀暁斗語りは続いた。

出身大学や学生時代の話まで出まわっているようだ。聞く限り事実と異なる部分もあるようだがＳＮＳの噂《うわさ》などそんなものだろう。

「もう完璧じゃない？　ファンになるしかなくない？」

「ですよね！　あーどこに行ったら会えるんだろ」

「スペックは高そうだけどさ、性格まではわかんねーじゃん」

盛り上がりに水を差したのは三十代の男性獣医師だった。

「それが真面目《まじめ》だって評判なんですー」

「真面目だからって性格いいとは限らないだろ。そんな完璧なやつなんているわけないって。夢見過ぎだよ」

「リアルの知り合いじゃないんだから夢くらい見たっていいじゃないですか」

明里は冗談めかしてさらりとかわしたが、気持ちとしては面白くなさそうだ。明らかに場の雰囲気と立場を考えて引き下がっているに過ぎない。

瑠佳だって気分はよくなかった。

（性格だって超いいし！）

少なくとも瑠佳はいつも親切に、そして優しくしてもらっている。暁斗の弱点と言えば犬が苦手というくらいだろう。

偏見に満ちた言葉も、勝手に個人情報が流されていることも不快だった。そして目の前でファンを自称されていることにも、もやもやとした気分になってしまう。

そのまま診療時間を迎え、いつも通り患者に対応していたものの、頭の隅には先ほどの件が居座って離れていかなかった。

「なんだか元気ないわね。大丈夫？」

「え？　あ……すみません。あの、はい。大丈夫です」

覗《のぞ》き込むようにして見つめる佐々木に、瑠佳は慌てて取り繕った笑みを浮かべた。

今日の彼女は予防接種のために訪れている。すでに検診と注射は終わり、担当医師の小野田がカルテを打ち込んでいるところだった。

「ああ、そうそう。これをもらってちょうだいな」

話しながら佐々木はバッグから出した犬用の液状おやつを差し出した。四本入りで未開封だった。

「あの……？」

「間違えてわんちゃん用を買ってしまったのよ。モカちゃんにあげてね」

「あ……ありがとうございます」

少しだけ気持ちがほっこりとして、瑠佳は今日初めて自然に笑うことが出来た。すると佐々木は目尻の皺をさらに深くした。

「ふふ、可愛らしいわぁ」

「はい？」

「ごめんなさいね。男の方にこういうことを言うのは失礼かもしれないけど、私からしたら孫のような歳だからつい」

「ああ、いえ。それは気にしてないです」

年配の女性に言われて気になるような言葉ではないし、そもそも瑠佳は言われ慣れている。同年代からも言われることがあるせいだった。

いまも小野田と明里がうんうんと頷いている。

この状態でどう反応したらいいのかわからず、瑠佳はひたすらぎこちない笑みを浮かべていた。


暁斗から電話があったのは数日後のことだった。

『ごめん。今週の食事はキャンセルさせてもらっていいかな』

「あ……はい。そうですよね、いろいろ大変そうだし……」

暁斗の件で世間はいまだ盛り上がっていて、瑠佳の周囲だけでなく全国にファンが誕生している状態らしい。遠藤総合法律事務所には電話が殺到し、手紙やメールが届き、一目暁斗を見ようと実際に人が押しかけているという。

これらは明里が教えてくれたのだが、確かめたところ事実のようだ。そして実情は想像を遥《はる》かに超えていた。

『瑠佳くんを巻き添えにするのは避けたいからね。いまはどこへ行くにも誰かがついてくる状態なんだ』

「えええ……」

想像しただけでストレスが溜まりそうな話だった。瑠佳だったらすぐにどうにかなってしまうだろうし、暁斗だって平気ではないだろう。いくら注目を浴びるのに慣れた美形とはいえ、あくまで暁斗は一般人だ。以前とは明らかに見られ方が違うはずだった。

「大丈夫なんですか？」

『いまのところはね。うん、実はもっと面倒な事態になることが決まったから、覚悟も決めたよ』

「面倒なこと？」

『朝の情報番組のコメンテーターというのを引き受けることになったんだ』

「は？　え、暁斗さんがテレビに出るってことですか？」

あまり見たことはないが、一応絵面は脳裏に浮かぶ。タレントや文化人が数人並んで座っている光景だ。

『週に一度だけね』

「えっと、うちテレビないんでよくわかんないんですけど、それってワイドショー的なやつですよね？」

『そう。いろいろあって、そういうことになった』

「……いろいろって？」

声の調子からいって不本意そうだが、本当に納得していないならば了承はしないだろう。そう思って尋ねると、電話の向こうから躊躇うような気配を感じた。

『弁護士の不祥事というか、犯罪行為が続いただろう？』

「あ、はい」

『で、イメージ回復を図りたくて仕方ない人たちが相当数いるわけだ』

それは弁護士会の理事たちであったり、弁護士から議員になった人物たちであったりと、立場は様々だが思うことは一緒だったらしい。伯父を通して暁斗に意向が伝えられ、断るつもりだった話は通ることになった。

『弁護士の肩書きで出るには実績不足です、って辞退しようとしたんだけどダメだったよ。決まった以上はお偉方の期待に応えようとは思ってるけどね』

「大丈夫なんですか？」

『なんとか。どうせすぐ飽きられるだろうし、貴重な経験だと思って頑張るよ。食事会は続けていくつもりなんだけど、しばらく隔週は難しいかもしれない。でもなんとか都合はつけるし、人目につかない方法を考えるから。それでもいいかな？』

「俺のほうは全然、あの……暁斗さんが大丈夫なら、それでお願いします」

『よかった。じゃあまた連絡するよ』

声はそれきり聞こえなくなり、いくらスマートフォンを耳に当てていてもノイズ一つ拾えなくなった。

自然と溜め息がこぼれた。

この数日、瑠佳はずっと悶々《もんもん》としつつ過ごしていた。

誰かの口から暁斗の褒め言葉が出れば、誇らしさを覚えると同時に不快感も覚えた。自分は以前から暁斗のことを知っているのだと言いたくなったし、皆が知らない暁斗を知っているんだと叫びたくもなった。

瑠佳は暁斗の知人であることを誰にも言っていない。騒がられるのが嫌だからだ。暁斗との関係や彼との大切な時間を他人に知られたくなかった。それらは瑠佳にとって、家族を失った後で得た宝もののようなものなのだ。

スマートフォンを握りしめてじっとしていると、モカが近づいてきてぺろりと手を舐《な》めた。

「モカも暁斗さんに会いたい？」

ぱたぱたと尻尾を振りながら黒い目で見つめる愛犬に微笑《ほほえ》んでみせる。少しぎこちない笑みになったのは、自分の言葉に呆《あき》れてしまったからだ。

会いたいか、だなんて、それは誰でもない自分だというのに。

「……うん。大丈夫」

モカが一緒にいてくれるのだから寂しくなんてない。むしろモカを寂しがらせないようにするのが飼い主の努めだろう。

暁斗に依存しきっていた状態を改善するには、ちょうどいい機会なのかもしれない。

ふわふわの毛を撫でながら瑠佳はそう自分に言い聞かせた。


裁判所での事件からわずか二週間という早さで、暁斗は朝の情報番組に席をもらった。

テレビ局は在京キー局で、全国放送である。リアルタイムでは見られなかったのだが、見逃し配信をスマートフォンで見た。

不思議な気持ちだった。放送ずみの番組だというのにハラハラしてしまい、最初の挨拶《あいさつ》くらいしか見られなかったのだが、幸い評判はいいようで、病院でも明里や同級生がはしゃいでいる。いまのところ失言のたぐいはないらしい。明里たち曰く、「上から目線の態度も勘違い発言もないし、謙虚で博識で常識的」だという。世間の評価も概《おおむ》ねそんな感じだ。

暁斗に言わせると、無難にやっているだけらしいが。

「なんでもいいからＳＮＳやってくれないかなぁ」

「え、やってないの？」

「うん。なんか成りすましは出来てたけど、本人がテレビでやってないって言い切ってたんだよね」

「そうなんだ」

着替えをすませてスタッフルームに戻ると、相も変わらず明里たちが暁斗の話をしていた。素知らぬ顔でその横を通り過ぎ、ケージから出されていたモカを抱き上げる。

ふと見ると、中庭のキンモクセイはとっくに花を散らしていて、景色は寂しいものになっていた。銀杏《いちょう》の色づきはもう少し先になりそうだ。

暁斗のテレビ出演から早くも一ヵ月ほどがたっている。あれからまだ一度も暁斗には会えていなかった。

予定を入れようとしてくれたのだが、どうやら週刊誌のカメラマンらしき人物につけまわされているらしく、瑠佳のほうから延期を頼んだ。別に疚《やま》しいことはないし、撮られたとしても一般人の自分に影響はないだろうけれど、余計なことで暁斗を煩わせるのが嫌だった。

（方法はあるんだけどね……）

場所も方法も二人で考えたので会うことは出来るのだが、いまのところは様子見だ。どうしても会わなければいけない理由もないし、近況報告は電話やメッセージで十分に果たせている。暁斗のほうも誘ってはくるが、判断は瑠佳に任されていた。彼自身にパパラッチがついているので強くは言ってこない。

「あれは？　法律事務所のホームページとかに、なんか載ってないの？」

「ないない。所属弁護士として名前載ってるけど、それだけ。写真すらないの。あ、一応『こちらは企業の法務案件を取り扱う事務所です』みたいなメッセージがトップページにばーんと出てくるけどね。それと『担当弁護士は指名出来ません。案件に適した者が担当いたします』みたいな」

「それって久賀さん目当ての相談対策か」

　そのあたりの話も暁斗に聞いている。裁判所での事件以降、遠藤総合法律事務所には遺産相続や離婚訴訟、自己破産などの相談がひっきりなしに舞い込んできたらしい。数日間は電話対応に追われ業務に支障が出たと、暁斗は申し訳なさそうに言っていた。瑠佳が思っているよりも大変な事態になっているのだ。

「事務所のまわりにファンの子たちがうろうろしてたらしいよ」

「あー、仕事で出勤するのわかってるもんね」

「そのせいで久賀さん、あんまり事務所には来なくなったみたい」

「明里さんは会いにいったりとかしないんですか？」

「社会人には無理じゃん。休みも被《かぶ》ってるし」

　明里は不満そうに口を尖《とが》らせる。平日に動ければ行っていたような口ぶりだ。

「お疲れさまでした。お先に失礼します」

モカを抱えて頭を下げ、瑠佳は貼り付けた笑みを向けた。なんだかもやもやとした気分が払拭出来ないままだが、それはなんとか笑顔の下に押し込める。

「はーい。気をつけてね」

「ちゃんとご飯食べるんだよ」

最近食欲のない瑠佳を心配し、スタッフたちは口々に声をかけてくれた。

暁斗と会わなくなってからというもの、瑠佳の食生活は少しだけいい加減なものになっていた。傍《はた》から見てわかるほどには痩《や》せていないが顔色があまりよくないらしい。

送り出されて病院を出たところで、ふぅと大きく溜め息をついた。

他人から暁斗への賛辞や行為を聞かされると、相変わらずひどく不快感を覚えてしまう。彼が女性から騒がれるのは以前からなのに、たまらなく嫌だと思うようになってしまったのだ。

「……暁斗さん成分が足りないのかな」

暁斗との時間を奪われて、少し苛立《いらだ》っているのかもしれない。だがそれが烏滸《おこ》がましい感情だということも理解していた。

（こんなの、ただの……）

慌てて瑠佳はかぶりを振った。この先を考えてはいけない気がした。

電話がかかってきたのは、瑠佳がそんな葛藤《かっとう》を抱えているときだった。表示された名に目を瞠《みは》り、嬉しいと思うより先に戸惑ってしまった。

（なんで、暁斗さん？）

こんな時間に珍しいことだった。メッセージならばともかく、彼がこの時間に電話をしてきたことはこの一年半でほとんどなかったからだ。

「はい？　どうしました？」

目立たない場所に移動し、電話を受ける。

『急にごめん。ちょっと相談があって』

そしてこれも珍しく、暁斗にしては少し慌てた声が聞こえてきた。

『いま子猫がいるんだけど、どうしたらいいのかな』

「はい？」

予想外の言葉に瑠佳は間の抜けた声を上げてしまった。

『車のエンジンルームに子猫が入り込んでいたんだ。黒い子猫。さっきまで鳴いてたんだけど、いまはじっとしてる。ちょうど書類を入れてた段ボールがあったから、そこに入れてるんだけど』

聞き違いではなく子猫の話だった。

暁斗によると、車で仕事から戻って一度事務所に立ち寄り、再び乗ろうとしたらどこからか鳴き声が聞こえたので開けてみたそうだ。寒い時期にはたまに聞く話である。

一時は事務所周辺にファンを自称する女性らが大勢いたようだが、肝心の暁斗が滅多に近づかなくなったことで現在はいなくなったという。いまも周辺に気配はないらしい。

「具合が悪そうってことですか？」

『いや、そういう感じではないかな。触ろうとするとシャーシャー言ってくる』

「一匹だけでした？　まわりに親猫とかいません？」

『見当たらない。それに首輪もないよ』

「えーと、とにかくまずは病院……うちの夜間診療に見せましょう。もう一般の外来は終わってしまったんで」

この時間ならばまだ開いている動物病院もあるだろうが、後のことを考えるとここのほうがなにかと都合がいい。

『わかった。すぐ行くよ』

「待ってください。俺が連れていきます。緊急って感じではないんですよね？」

『だと思う』

「すぐ行くので、自宅に戻っててください」

瑠佳は電話を切ると、モカを連れて暁斗の自宅へ急いだ。小走りで行って二十分ほどの距離だ。実は互いの家はそう遠くない。

駅にほど近い商業ビルに暁斗の家はあるのだが、そこは、一階と二階にテナントが入っており、上層階がマンションになっている。一階にはペットショップ兼トリミングサロンがあり、犬連れの瑠佳が入ってもまったく不自然ではなかった。

店内でモカを抱き上げ、小型トイレと砂、ベッドと子猫用の液状フードとフリースのタオルを買う。それからキャリーバッグだ。これは折りたためるもので、簡易的なケージとしても利用可能な伸縮タイプだ。

一式を持って通路側の出口から出て、そのまま目立たない場所にある住民用の出入り口の前に立った。住民がテナントに買いものや食事へ行くとき使うもので、商業施設の営業時間内のみ通れる仕様だ。

部屋にいる暁斗に開けてもらってドアをくぐり抜け、十五階を目指す。南東角部屋が暁斗の住居である。

フロアに人の姿はなかった。何度か来ているが、いまだにほかの住人に会ったことがないのだ。住んでいる暁斗も、このフロアで滅多に人に会うことはないという。空室はないのだが単身者ばかりで、エレベータ一機あたりの住居も少ないのが理由だろう。

「こんばんは」

一ヵ月半ぶりに会う暁斗は申し訳なさそうな顔で瑠佳を迎えた。少し疲れているように見えたが、現状ではそれも仕方ないのだろう。ただそのせいか色気が増して見えて、直視するのが憚《はばか》られた。

「急に悪かったね。助かるよ」

「いえ」

瑠佳は目を逸《そ》らしながら荷物を置き、段ボールをそっと開けた。うずくまっている黒い子猫は、見たところ生後二ヵ月ほどだった。

触って確かめてみたが怪我《けが》はなく、発熱している様子もない。ノミもいないように思えたし、少し痩せているものの危険なほどではなかった。

「えっと、それじゃ連れていきますね」

買ってきたキャリーバッグにモカ用のペットシーツを敷き、タオルと一緒に子猫を入れる。

「時間がどれくらいかかるか、わかる？」

「さっき病院のほうに連絡入れておいたので、問題なければそんなには……ええと、一時間もあれば終わると思います」

「行き帰りはタクシーを使ってくれる？　それと、大丈夫そうならモカは預かるよ」

「え……でも……」

目を落とすと、ちょこんと顔だけ出しているモカと目があった。分離不安は少なくとも病院では起こしておらず、何時間か離れていても不安そうな態度は見せないと聞いている。だがほかの場所ではわからなかった。

「……それじゃお願いします。病院以外でも大丈夫なように慣らさなきゃって思ってはいたんです」

「責任を持って預かるよ。僕としても、モカともっと仲良くなりたいと思っていたんだ。ああ、それと戻ってきたら一緒に食事しよう。簡単なものになってしまうけど」

「え……あ、ありがとうございます」

「いや、礼を言うのはこっちだから。それと買ったものの請求も後で頼むよ」

「あ、はい。じゃあモカ、行ってくるからお留守番してるんだよ。いい子にね」

　少し不安そうな顔で見送るモカを一撫でし、後ろ髪を引かれる思いで久賀宅を後にする。言われた通りタクシーを使い、さっき出てきたばかりの病院に飛び込んだ。

　迎えたスタッフたちは、笑いながら診察室に通してくれた。

「どこで拾ったの？」

　当番の獣医師は子猫の体重を量りながら尋ねてきた。

「家の近くです」

「モカちゃんは留守番？」

「はい」

「本宮くん、一応記入よろしく」

看護師に渡されたのは問診票だ。名前を書き込もうとして、ぴたりと手が止まってしまった。

「名前って、仮でもいいんですよね？」

「大丈夫よ。なんなら『本宮ねこ』にでもしておく？」

拾った直後に持ち込まれる場合は後から変更出来るようになっているのだが、仮の名前もとっさには出てこなかった。

「先生、この子って女の子ですよね？」

「だね。生後二ヵ月ってとこかな。うん、熱も大丈夫だし耳も綺麗《きれい》、と」

仮名は「のあ」にしておいた。黒猫なので、フランス語のノワールあるいはノアールからの発想だ。獣医師の見立てでは、いまのところこれといった問題はないという。血液検査の結果は明日以降になるとのことだった。

「マイクロチップは入ってなかったけど、一応届け出しといてな。後は虫が出ないかチェックして」

「はい」

「試供品のフード持っていきなよ。本宮って猫飼ったことあるんだっけ？」

「子供の頃に飼ってたことありますね」

「この子はどうすんの？」

「えっと、拾ったとき一緒にいた知り合いに聞いてみます。無理そうなら、ここで募集してもらうかもしれませんけど」

「ん、わかった」

瑠佳はスタッフに礼を言って病院を後にし、タクシーで暁斗の家に戻った。一応周囲を警戒しながら買い忘れたものをペットショップで買い足し、先ほどと同じようにマンションへのドアをくぐる。

玄関ドアが内側から開くと、飛び出すようにしてモカが足下にきた。千切れんばかりに尻尾を振っている。

「ただいま。モカはいい子でした？」

「最初は落ち着かない様子だったけど、途中からおとなしくソファで寝ていたよ」

ほっとしたし、モカの成長に嬉しくなった。

「ありがとうございました。あ、お邪魔します」

「こちらこそ」

家に上がらせてもらい、部屋の隅にキャリーバッグを拡張して簡易ケージを作り、トイレとベッドを設置する。買ってきた皿に水とフードを入れておき、ゆっくりさせることにした。

説明は食事をしながらということになった。

「簡単で悪いね」

「とんでもないです。美味しそう」

二人用のテーブルに載っているのは具だくさんのミネストローネとパスタ——ベーコンとキノコのペペロンチーノだ。暁斗曰く一部は作り置きらしい。

期待して目をキラキラさせているモカにも買ってきたばかりのフードを与えた。

「美味しいです」

「よかった。それで、子猫はどうだって？」

「血液検査次第なんですけど、目に見えて悪いところはなかったです。それであの、一応警察に届け出をしたほうがいいので」

「ああ、それならもう届けたよ。事務所の隣が交番でね。おかげで多少はマスコミの牽制《けんせい》にもなってるんだ」

「そうなんですね」

「で、飼い主が現れなかったら飼おうと思ってる」

おそらくそうなるだろうと思っていたので、頷くだけの返事をした。だが問題はある。

「暁斗さんが仕事のあいだ、俺に預からせてもらえませんか？　もう少し育てば一人でも留守番出来ると思うんですけど、それまでは一緒に連れていこうかなって」

「瑠佳くんの負担にならない？」

「大丈夫です。猫連れてきてる人もいますし、スタッフルームにはケージいくつもあるんですよ」

自由な校風が付属病院にまで及んでいるのか、あの病院は昔から常に何人かペット連れで出勤してきたり、実習に来たりしているらしい。

「僕が預けにいこうか？　毎日うちに寄っていくのは大変だろう？」

「そんなことないですよ。十分も違わないですし。それにずっとってわけでもないですし。だから暁斗さんは病院に近づかなくても大丈夫です」

「そう？　じゃあ雨の日なんかは、遠慮なくタクシーを使っていいからね。必ず請求すること」

念を押され、そのまま今日の分の精算を求められた。レシートを纏めて渡すと、端数を切り上げた金を渡された。お釣りを返そうとしたら固辞されてしまった。

「あ、そうだ。それで名前どうします？　飼い主が現れる可能性もありますけど……多分出てこないと思うんですよね」

子猫は少なくとも何日かは外にいたようだった。痩せ具合と汚れ具合で獣医師がそう判断したし、瑠佳もそう思った。普通は子猫がいなくなったらその日のうちに飼い主は行動を起こすはずだ。けれども交番にも届け出はなかったようだし、周囲に張り紙のようなものもなかったという。

「名前か……考えてなかったな。うーん……なにがいいと思う？」

「暁斗さんの好きな名前でいいと思いますよ。あの、勝手にカルテ用に『のあ』ってことにしておきましたけど、すぐ変更出来ますから」

「のあ、か。可愛くていいんじゃないかな」

「だったら音はそのままで、漢字を当てたほうがいいと思いますよ」

「そんなことないです。普通にいっぱいいますよ。うちにも竜之介《りゅうのすけ》くんとか小春《こはる》ちゃんとか明日花《あすか》ちゃんとか来てますし」

「そうか……なら……」

　当てられる漢字はそう多くはなく、二人で相談して「乃愛《のあ》」に決めた。

「なんか本当に人間の女の子の名前みたいになりましたね。男で瑠佳よりは普通ですけど」

「でも聖人の名前だよね。お母さんの気持ちが入ってていいと思うよ。もしかして小さい頃に名前で苦労した？」

「そうでもなかったです。通ってた学校たまたま変わった名前の子が多かったんですよ。わりと埋没してました。女の子みたいな名前とか言われたりはしましたけど、外国では男の名前だって言い返してたし」

　外見の印象から気弱そうに見られるが、実際の瑠佳はそうでもないし、また激高するタイプでもない。からかわれても毅然《きぜん》として返すタイプだった。

そんな話をしている瑠佳を、暁斗は微笑ましげに見つめている。

「学校の話を聞くのは初めてだね」

「そうでしたっけ？　うーん、なんか普通だったんですよ。これっていう出来事もなくて、淡々と行ってた感じで。そこそこ仲いい友達はいて楽しかったけど、クラスとか学校変わったらそれっきりみたいな感じだったし。なんか……人付き合い苦手で」

「そんなふうには見えないけどな。人当たりはいいし、好かれるタイプだと思うよ」

「相手が誘ってくれるうちは付き合い続くんですけど、俺自分からは連絡しないから、そのうち疎遠になっちゃうんですよね」

「なら僕はずっと連絡していかないとだね」

さらりと告げられた言葉を、最初は曖昧に笑って流してしまいそうになった。だが一拍置いて意味を理解し、嬉しくて顔が熱くなるのを感じた。

言葉が出てこなくて、ごまかすように足下のモカを抱き上げて小さな頭を撫でる。

暁斗は視線を子猫――乃愛のほうへやっていて、瑠佳のほうを見ていなかった。それを確認し、ほっと胸を撫で下ろす。

「そうだ、鍵を渡しておかないと」

「え？」

「必要になってくるから。テレビ局に行く日の朝とか、帰りが遅い日とか……毎日定時というわけじゃないからね」

手を取られ、そこに鍵を乗せられた。視線は鍵に釘付けだが、意識は触れられた手のほうに向いている。

「これ使って勝手に入っていいからね」

当たり前のように合鍵を渡されて少し戸惑ったが、確かに毎日のことならば面倒がないだろうと納得もする。

一時的なものだ。このまま飼い主が現れず暁斗が正式な飼い主になったとしても、乃愛が成長し一人で長時間の留守番が出来るようになればこの鍵も必要なくなる。

「お……お預かりします」

絶対に落とさないよう、自分の家の鍵よりも丁重に扱おうと心に誓う。これは暁斗からの信頼の証《あかし》でもあるのだから、それを破るような真似は絶対にしたくなかった。

「そんなに緊張しなくてもいいのに。ちょっと顔が引きつってるよ」

笑いながら暁斗は力を抜けと言わんばかりに顔に触れてきた。

ぴしりと固まったのは身体だけでなく、思考もだった。それからどうやって暁斗のマンションを後にしたのか、いま一つ瑠佳は思い出せない。

地に足のつかない状態で自宅へと帰り着き、へたり込むようにして床に座った。

しばらく惚《ほう》けた後、正気に戻って大きな溜め息をつく。自然と頬に手がいって、まだ顔が少し熱いことに気がついた。

「……どうしよう、モカ」

預かった鍵をじっと見つめる。話しかけられたモカはふんふんとその鍵に鼻を近づけたが、すぐに興味をなくして寝床へぽてぽてと歩いていってしまった。

「なんであんなことするかなぁ……」

ああいうスキンシップはきっと彼の癖のようなものなのだろう。あるいは瑠佳のことを本気で子供だと思っているのかもしれない。

暁斗の言動に一喜一憂していて気付いてしまったことがあった。いや、ようやく認めたといったほうがいいだろうか。

「モカ……やっぱり好きだったみたいだよ」

以前から薄々そうじゃないかとは思っていたのだ。というよりも、あえて気付かないふりをし続けてきた。

あんなによくしてもらっているのに恋心を抱いてしまうなんて、暁斗に対して失礼だろうと思うからだ。向こうは純粋に瑠佳を心配し、親切にしてくれているのに。

瑠佳が返していいのは、感謝の気持ちや恋愛感情を含まない好意だけだ。

「身のほどは弁《わきま》えないと」

過剰な期待をしてはいけないし、勘違いしてもいけない。

まして暁斗が自分だけのもののように錯覚するなんて烏滸がましい。あまりにも優しくしてくれるから、そして気にかけてくれるから誤解してしまうところだった。

「暁斗さんも、あれなんだけどさ……」

大切なものを扱うようなことをしたり言ったりするのも問題だろう。優しいのは彼の美徳だが、相手によっては大きな誤解を与えてしまう。

そう、与えられることに慣れて、過分な好意を期待してしまった瑠佳のように。

「あれはマズいって教えてあげなきゃな」

トラブルを避けるためにも、瑠佳のように浮かれてしまう人を量産しないためにもだ。注目を浴びる立場になったのだから余計に気をつける必要がある。

テレビに出るようになれば、いろいろな立場の女性と接する機会が増え、これまで以上に好意を寄せられることだろう。美しい人も聡明《そうめい》な人も、暁斗を支えて寄り添ってくれる人だってきっと現れる。

それが容易に想像出来てしまい、瑠佳はそんな自分の想像に打ちのめされた。

「……うん、でも……それまで親しくさせてもらうのは、いいよね。乃愛のこともあるわけだし」

感謝の意と言葉は伝えて、友人――というのは図々《ずうずう》しいので、弟分としての好意だけ向けて、恋愛感情に関しては内側に閉じ込めておけばいいのではないだろうか。

そうだ、想っているだけならば誰にも迷惑はかけない。もとより実らせようなどとは微塵《みじん》も思っていないのだし、このまま片想いを引きずって生きていったとて瑠佳自身困りはしない。家族はモカだけだから余計なしがらみもない。

瑠佳は大きく頷き、すっきりとした気分で顔を上げた。

「うん、片想い上等。暁斗さんに恋人が出来るか俺が心配じゃなくなるまでは、いままで通りにさせてもらうってことでいいよね？」

モカに聞いても仕方ないと知りつつ、ぴくりと耳が動いたことに満足した。

以前より三十分早く家を出て、瑠佳は毎日乃愛を迎えにいく。周囲をさりげなく警戒しながら商業施設エリアに入り、暁斗の部屋へ向かう。

そうして玄関先で乃愛を預かり、ほんの数分だけ立ち話を――主に乃愛の状態や互いの予定を確認――してから大学へ向かうのだ。

朝のやりとりはわずかな時間だが瑠佳にとっては十分だった。暁斗の顔を見て声を聞けるのだから、朝からエネルギーをたっぷりもらっているようなものだ。

おかげで最近はとても元気だと病院スタッフにも指摘されている。

ちなみに乃愛の飼い主らしき人物はまだ名乗り出ていない。野良の母親とはぐれた可能性が高いので、おそらくこのまま現れることはないだろう。

モカは最初の数日は乃愛を気にしていたが、慣れるのも早かった。動物病院でほかの犬や猫に触れる機会が多いので、乃愛のことも同じようなものだと思ったようだ。

そして乃愛も少しずつ瑠佳たちに慣れてきている。

触っても怒らないのは初日からだったが、いまでは誰が抱っこしてもおとなしくしている。ほかの犬や猫もストレスにならないタイプのようだ。

エンジンルームから拾い上げた直後に威嚇《いかく》していたのは怖かったからだろう。落ち着いた後は暁斗に対しても愛想よくしていた。

健康状態も良好で、毎日元気よく遊んで食べて、眠っている。シャンプーもしてもらったので毛はふわふわだし、お腹《なか》に虫もおらず、血液検査の結果も良好だった。

「あ、乃愛ちゃんの爪切っといたよ」

「ありがとうございます」

モカと乃愛を迎えにスタッフルームに顔を出すと、女性スタッフたちが乃愛と遊んでいた。紐《ひも》一つでいつまでも遊んでいられる乃愛はスタッフたちの人気者だ。

瑠佳が選んだ赤い首輪が黒い毛並みによく映えている。

ケージから出されていたモカは一目散に瑠佳の元へやってきて足のまわりをぐるぐるとまわった。

「毎日大変だね。飼い主さん、そんな忙しい人なの？」

「いまちょっと身動き取りづらいというか、めちゃくちゃ忙しくて。でも別に大変じゃないですよ。代わりに晩ご飯とかごちそうになったりもしてるんで。実費も出してくれますし」

「そうなんだ。ごめんね、ちょっと気になっちゃったの。ちゃんとした人ならいいんだけど」

心配してくれている明里に、瑠佳は思わず笑顔が引きつりそうになった。まさかその飼い主が彼女がご執心の久賀暁斗だと言えるはずもない。

隠すようなことでもないのだが、いまさら言えなくて今日まで来てしまった。いや、瑠佳の本音としては秘めておきたいし、周辺が騒がしくなるのは避けたかった。性格的に片隅でひっそりと生きていきたいタイプなのである。

「大丈夫ですよ。父親が亡くなってから、本当にお世話になってる人なので。むしろ恩返し……にもならないけど、まぁそんな感じなので」

「そう。余計なこと言ってごめんね。はい、じゃあ気をつけて」

明里は乃愛をキャリーに入れ、しっかりとファスナーを閉めた。いつも誰かがこうして帰り支度を手伝ってくれるのだ。

ときどきテンションがおかしなこともあるが、彼女は基本的にいい人だった。

「なんか今日ご機嫌だね」

「え、そうですか？」

「うん。朝からそうだったよ」

「あー……知り合いの誕生会、みたいなことするんです。そういうのって楽しいじゃないですか」

大勢で集まるような言い方でごまかすと、明里は「いいね」と笑った。そうしてふと思い出したように言う。

「そう言えば明後日《あさって》久賀さんの誕生日だ。よし、私も遠くからお祝いしよーっと。シャンパンとケーキ買っちゃおうかな」

なぜそうなるのかは理解できないが、明里なりの祝い方らしい。これから瑠佳がその本人に会って誕生日食事会をするだなんて夢にも思わないだろう。

少し後ろめたい気持ちになってしまった。

「実際どうするんだろ。やっぱ彼女とデートするのかな。絶対いるよね。いないわけないよね」

「……さぁ？」

そういった話は聞いていないし、気配も感じたことはなかった。仕事で忙しくて恋人を作る暇がないのかもしれないが、やはり世間的には「いて当然」と思われているらしい。

「ああいうクールな人が実は彼女にはめっちゃ甘いとか、よくない？　いいよね、紳士だしさー」

パブリックイメージではそうだが、実際の暁斗はクールではない。同意は出来なかったが、紳士という評価には頷いておいた。

「あー、犬とか飼って、うちに来てくれないかなぁ」

唐突な発言に反応したのは小野田だった。彼女はレントゲン写真を見ていたが、胡乱《うろん》な顔をして明里を振り返った。

「それって久賀暁斗がってこと？」

「ですです！　犬飼ってくれたら、ワンチャンうちに来たりしないかなって」

「なんで犬限定なの」

小野田の呆れたような言葉に瑠佳も大きく頷いた。

「だって大型犬連れてるイメージじゃないですか？　ボルゾイとかアイリッシュセッターとか。こう、優雅な感じの」

言いたいことはわからないでもないが、根本的な部分が違うのだった。

（残念。猫飼いさんだし、大型犬はダメなんだよなぁ）

明里が挙げた犬種などは近寄ることも出来ないはずだ。本人曰く、顔に出にくいので犬が怖いことは職場の人たちと瑠佳くらいしか知らないそうだが。

実際、かつて一緒に外食しているとき、綺麗な笑顔のまま固まっている暁斗を見たことがあった。食事をしていた席の横を、大きな犬と飼い主が通ったときだ。

そんなことを思い出しているあいだも、明里の久賀暁斗語りは続いていた。

「きっと自宅もモデルルームみたいにおしゃれなんですよ。で、生活感ないの」

（確かにおしゃれだけど生活感はあるよ）

ましていまはキャットタワーなども設置されているので、生活感たっぷりである。

「キッチンとかも使わな過ぎて綺麗とか」

（綺麗だけど使ってるし）

「冷蔵庫にはワインとチーズしか入ってない感じ？」

（結構いろいろ入ってるよねー。うちより入ってるくらい）

本当の暁斗はもっと人間味にあふれている。格好いいのも真面目なのも本当だけれど、可愛いところもたくさんある。

この一年半で瑠佳が知った暁斗のすべては、一つ一つがとても綺麗で大切なものだった。きらきらと輝いていて温かくて、そっとしまっておきたい宝ものだ。

暁斗が欲しいなんて贅沢《ぜいたく》は言わない。ただこれだけは自分だけのものにしておきたかった。

「おーい本宮くん？　帰らなくていいの？」

「あっ……は、はい」

どこかに意識を飛ばしていた瑠佳を、小野田たちは訝《いぶか》しげに見つめていたが、ほかのスタッフが入ってきたことで意識は別のところに切り替わっていった。

瑠佳はスタッフたちに声をかけ、病院からまっすぐに暁斗の家へ向かった。今日の暁斗は帰宅が少し遅めなので、無人の家に上がることになった。

いったんモカと乃愛を簡易ケージとサークルに入れ、ふたたび買いものをしに出ていく。

サラダとパンとオードブル、いくつかの食材を買い込み、家に戻ってキッチンに立った。八時頃に帰宅とのことなので十分に間に合うだろう。

暁斗の誕生日は明里が言っていたように明後日だが、ちょうど日曜日になるので金曜日の今日祝わせて欲しいとあらかじめ言っておいたのだった。

さすがに誕生日当日を自分のために使わせるほど、瑠佳は厚かましくなれなかった。それに誕生日当日ともなればスクープを狙うカメラマンの目も厳しくなるだろうから、今日のほうが都合がいいとも言える。

「えっと……魚に塩振って、にんにく切って……」

瑠佳は日常的に自炊をしているが、それは必要に迫られているからであって腕前自体はたいしたことがない。凝ったものは作れないし、味も安定せず同じメニューでも毎回違ってしまう。

それでも今日ばかりは気合いを入れ、アクアパッツァを作るつもりだ。レシピもちゃんと検索してある。

プレゼントは先日購入した。土日は乃愛を預かっていないのでモカに留守番させて、ネクタイピンを購入した。ちなみに去年はネクタイだった。いつも無難なものしか選べないのは資金力もセンスも経験もないせいだ。

「よし、ちゃんと美味しい」

レシピを見ながら作り上げたアクアパッツァは初めてにしては上出来だった。さすがは作ってみたという報告が五百を超えるだけのことはある。

テーブルをセッティングし、パンを温めていると玄関で音がした。

「おかえりなさい」

「ただいま。いい匂いだね」

乃愛を拾ってからというもの、一ヵ月以上も会えなかった日々が嘘のように、ほぼ週に五日顔をあわせる毎日が続いている。

そうなると今度は現状に慣れてしまうのが怖くなった。今年中には乃愛も留守番が可能になり、以前のように隔週でしか会えなくなるかもしれない。

「瑠佳くん、どうしたの？」

「えっ、あ……すぐ食べられますから、席にどうぞ」

「ああ……ありがとう」

　暁斗は寝室に荷物を置き、ジャケットを脱いで戻ってきた。ネクタイは緩めたが着けたままだった。冷やした白ワインで乾杯し、アクアパッツァをメインとしたささやかな誕生祝いが始まった。モカと乃愛はすでに食事を終え、それぞれに寛《くつろ》いでいた。

　アクアパッツァは好評で、出来合いのサラダやパテなども文句なく美味かった。ワインの味は瑠佳にはよくわからないが、口当たりは悪くないように思える。

　あらかた食事がすんだ頃、瑠佳はおずおずとプレゼントを差し出した。

「あの、これ……芸がなくて申し訳ないんですけど」

「ありがとう、嬉しいよ。見ていい？」

「もちろん」

　丁寧にラッピングを解く指を、ぼうっとしながら見つめた。

　長くて男らしい、とても綺麗な手だ。仕草の一つ一つが優雅に見え、一部の手フェチが騒いでいるという明里の言葉にも納得だった。

ネクタイピンは小さく猫が彫られているものだが、よく見なければ気付かない造りになっている。仕事のときに着けていても問題なさそうなものを選んだ。

「可愛いな。大事にするよ。来週、去年もらったネクタイと一緒に着けていこうかな」

「それって、まさかテレビ？」

「そう。覚えてたらチェックしてみて」

暁斗は楽しそうに声を弾ませる。うぬぼれではなく嬉しそうで、あげた瑠佳としても顔が緩むほど嬉しかった。

来週はなんとしても放送をチェックしなければなるまい。

「テレビ……まだ続きそうなんですか？」

「延長をすることになりそうかな。僕にも利がないわけじゃないしね」

「そうなんですか？」

「圧倒的に不自由が多いけど、まぁ許容範囲だね。乃愛のおかげでストレスもないし」

「アニマルセラピー？」

「それもある」

ほかになにかあるのだろうかと首を傾《かし》げていると、ワイングラスを置いた暁斗がぐっと身を乗り出してきた。

「話は変わるけど、瑠佳くんは将来どうするつもりなの？」

後数ヵ月で卒業する瑠佳は、一応もう就職先が決まっている。一つ先の駅前にある商業施設近くに、トリミングサロンとペットホテルおよびショップがあり、クリニックも併設されているのだ。そこに春から研修医として籍を置くことになっていた。

「獣医師になるつもりですけど……あ、いずれ開業するとかしないとか、そういうことですか？」

「うん」

「いまのところは考えてないです。このままだと無理なんですよね」

主に金銭的な理由で難しいことは、聞くまでもなく暁斗も知っているはずだ。だからもっと長期的な話なのだろう。

「いまは獣医師としての経験を積むことしか考えてないんですけど……それだと生活も厳しいんで、どこかの病院に勤めながらバイト……とか？」

「仕事はそんな感じとして、結婚とかは？」

「へ？　あ、いや……考えたこともないです。多分しないと思うし」

なぜいきなりそんな話になるのかと、瑠佳は目を丸くした。

「どうして？　二十三歳で独身を宣言することもないだろう？」

「いやーだって、俺そんな甲《か》斐性《いしょう》ないですよ。モカ育てるのでいっぱいいっぱいだし」

笑いながら言ってみるものの、本心は口と別のところにあった。とても言うことは出来ないが、このまま暁斗を好きでいたら無理だと思うのだ。心がなくても結婚は可能だろうがそれは相手にも失礼だ。

そうか、と呟き、暁斗は小さく何度か頷いた。

「だったらずっと僕のそばにいてくれないか」

「……はい？」

「君の人生を僕に……って、これじゃまるでプロポーズだね」

瑠佳はぽかんとした顔で暁斗を見つめる。頭のなかで処理が追いつかず、感情らしい感情も出てこずにいた。

困惑する瑠佳をよそに、暁斗は続けた。

「僕はね、本当は弁護士になるつもりはなかったんだよ」

「……そ、そうなんですか？」

なんとか言葉を返し、遅れてやってきた動揺をやり過ごす。視線を逸らしながら、暁斗の話に集中することにした。

「伯父の手前というか、引き取ってもらった恩みたいなものかな。口には出さないけど、伯父は僕が弁護士になることを望んでたのがわかったからね」

「あー……はい」

「それに法律を学ぶことはマイナスにはならないだろうとも思ったし」

知識は邪魔にならないと、暁斗はなんでもないことのように言った。そんな状態でも最短で司法試験に受かり、現在に至るわけだから彼はやはりとても優秀なのだ。

「えっと、なにかやりたいことがあったんですか？」

「やりたい仕事は特になかったけど、目的はあったよ。若いうちに出来るだけ稼いで、なるべく早くリタイアして、田舎《いなか》で猫を飼いながらのんびり暮らしたいと思ってるんだ。で、たまにキャンピングカーでふらふらと旅をする。猫と一緒にね」

「予想と全然違った……」

まさかの早期リタイア計画を聞かされ、瑠佳はふたたび暁斗を見つめた。まったくイメージとはかけ離れた話だ。

「そうかな」

「いや、だって田舎暮らしより都会暮らしのイメージですもん。アウトドアとかちょっと想像つかないし……」

キャンプ飯より高級なフレンチのほうが似合うし、キャンピングカーよりもセダンだ。着るものだってアウトドアウェアよりもスーツだろう。これは瑠佳だけのイメージではないはずだし、実際にいまの暁斗は瑠佳が言ったような暮らしをしている。

「まぁね。いざやってみたら、結局都会がいいなんて言い出すかもしれないよね。でも一度はやってみたい。で、無理なら無理で戻ればいいかなと」

「ああ、はい。まぁそうですね」

「で、だ。そうなると、近くに獣医師さんがいてくれると非常に心強いわけだ。なにしろ引っ込みたい場所は、近くに動物病院があるかもあやしいところだからね」

「はぁ」

なるほど、ようやく腑《ふ》に落ちた。そばにいて欲しいというのは獣医師としてなのだ。うっかりドキドキしてしまったけれど、気付かれてはいないようなのでよしとする。

少し考え、これはとてもいい話ではないかと思った。

(だってそれなら、ずっと一緒にいられる)

恋愛関係じゃなくてもかまわないのだ。さすがに暁斗にパートナーが出来たら邪魔になるが、近所に住んでいるくらいならば問題ないだろう。

「わかりました」

「え？　いや、簡単にＯＫすることじゃないと思うよ。自分で言っておいてなんだけど」

「全然大丈夫です！　でもそれってまだ先の話ですよね？　そしたら俺も獣医師の経験積んでスキル

上げて、なるべくお金も貯めておきます！」

　国家試験をクリアして卒業したら、やはりクリニックに勤めながらアルバイトもしようと決めた。暁斗の思い描くビジョンは、瑠佳にとってもひどく魅力的に思えた。

　そのまま二人で語り合っているうちに夜も更け、瑠佳は引き留められるままに初めて暁斗の家に泊まることになった。

　客間はないのでリビングの片隅に布団を敷いてもらった。使ったことがない客用の寝具一式が暁斗宅には眠っていたのだ。

　緊張と興奮でなかなか眠れなかったものの、なんとか暗いうちに眠りに落ちることが出来た。朝起きたら枕元にはモカが、そして足下には乃愛が丸くなっていた。

　作ってもらった朝食を昨日と同じように向かい合って食べていると、暁斗のところに電話がかかってきた。土曜日の朝から仕事の雰囲気で、暁斗の口調も少し硬めだった。

「申し訳ないんだけど、三時間くらい留守番してくれないかな」

「え……それは、かまわないですけど……」

「悪いね。家のなかはなんでも好きに使っていいから」

　言い置いて暁斗はスーツに着替えて出かけていった。

　瑠佳に求められたのは乃愛の子守だろうが、軽く掃除するくらいはかまわないはずだ。ロボット掃除機はあるけれども、及ばない場所だってたくさんある。

モカと乃愛と遊びながら家のあちこちを掃除し、昨夜使ったシーツやカバー類、借りたパジャマなども洗濯させてもらった。

窓のブラインドは外の明かりを取り入れつつ視線は遮られる優れものなので、安心して動きまわることが出来た。代わりに天井近くの小窓を開け、空気を入れ換える。

やがて昼をまわった頃、暁斗が帰宅した。予定通り三時間ほどの外出だった。

「ランチにしよう」

持ち帰った弁当は市販のものではなく、明らかに手作りの三段重だった。ご飯ものは稲荷寿司《いなりずし》で、おかずは肉や魚や野菜がバランスよくぎっしりと十何種類も入っている。

「ど……どうしたんですかこれ……」

「差し入れというか土産《みやげ》というか、まぁ……要するに持たされたんだ。せっかくだし食べよう。一人じゃ無理な量だしね」

「二人でも無理だと思いますけど」

瑠佳にしても暁斗にしても特に大食漢なわけではない。成人男性として平均的だ。

「残ったら持って帰ってくれると助かるな。冷凍保存出来そうなものを優先的に残す感じで食べよう」

「あ、はい。そうします」

彩り鮮やかな料理の数々はどれも絶妙な味付けで、しかも手が込んでいた。プロの腕前と言っても過言ではない出来だった。

野菜の煮物もあればミニハンバーグもあり、魚の竜田《たつた》揚《あ》げなどもある。稲荷寿司もプレーンな酢飯から具入りのものまでバラエティに富んでいる。

瑠佳は一つ一つを噛《か》みしめ、何度も感激して頬を緩めていた。亡き母・真理亜は和食があまり得意ではなかったが、父の佳一は逆にそちらが得意で、この煮物は彼の料理を思い出させるものだった。もちろん目の前の煮物のほうがずっと上手だけれども。

「なんか、父親の料理思い出しました。この飾り切りって四つ葉のクローバーみたいじゃないですか。にんじんの飾り切りって梅の形にすることが多いと思うんですけど、父もこんな感じだったんです。味はちょっと違うんだけど」

瑠佳の話を聞く暁斗は、微笑みながらうんうんと相づちを打つ。目がもの言いたげに笑っているなと思ったら、彼はとんでもないことを暴露してきた。

「これを作ってくれたのはね、本宮家で昔から働いている家政婦さんなんだ」

「え？」

「つまり佳一さんにとっては家庭の味ってことになる。味は再現出来なかったのかもしれないけど、切り方は真似したんだろうね」

「……そう、なんですね……そっか」

箸《はし》でつまんだにんじんをまじまじと見つめた後、瑠佳はそれを口に入れた。これが父親の家庭の味なのだ。

祖母に当たる比沙子はまったく料理をしない人なので、家政婦さんの料理で佳一は育ったのだという。

「あれ……？　っていうことは、さっき出かけてたのって……」

「うん。本宮家に行ってたんだよ。食べ終わったらその話をしよう」

「俺はもう……あの、ごちそうさまでした」

すでに腹八分は過ぎていたので瑠佳は箸を置いた。それから二人でテーブルの上を片付け、リビングのソファへ移動して話すことになった。

暁斗の膝にはなにかの書類が乗っている。はっきり見るのも憚られ、あえてそこに視線は向けなかった。

「瑠佳くんは比沙子夫人がなんていう会社の社長だか知ってる？」

「いえ。なんかの会社を経営してるっていうのは聞いたことありますけど、名前とかどういう会社かは全然」

「そうか。本宮家は本宅があるあたりの大地主だったから、そこからスタートした不動産会社なんだ。

比沙子夫人は二代目でね」

「はぁ」

急にそんな話をしてどうしたのだろうかと瑠佳は首を傾げた。

比沙子は婿養子を取ったが、瑠佳の祖父に当たるその人物は音楽家で——大成はしなかったが——最後まで経営には関わらなかったそうだ。どうやらその祖父との繋がりで、音楽家である暁斗の両親や弁護士の遠藤との付き合いが生まれたらしい。

「本宮の会社は資産額こそあるんだけど、社員数はそう多くもないんだ。個人資産にしておくと膨大過ぎるから法人化したっていう感じで、業務内容も不動産管理が中心だ。いくつかビルや駐車場を持っているけど、上場もしていなくて非常にワンマンな会社になってる」

「えっと、それが……？」

「比沙子夫人が君を役員として迎えることを決定したよ」

「……は？」

意味がわからず瑠佳は間抜けな顔をさらすことになった。暁斗には何度も意表を突かれてきたが、今回ばかりは唖然《あぜん》とするしかなかった。

過程を飛ばされて結果だけ突きつけられたのだから仕方ないことだろう。

「役員報酬も支払われる。それほど多くはないけどね」

「ちょ……ちょ、ちょっとなに言ってるんですかっ？」

「もちろんほぼ名前だけの役員だ。家族経営の会社にはよくあることだね。実務がほとんどないから金額もそう多くはないけど。これがそれに関する書類」

すっと差し出された書類の正体がわかったところで到底納得出来る話ではなかった。暁斗だってそれは承知の上だろう。

にもかかわらず暁斗はにこにこ笑っている。

「驚くよね。はいそうですか、とも言えるはずがない。うん、順を追って説明するよ」

「お……お願いします」

「そもそもなんだけど、瑠佳くんが住んでるアパートは比沙子夫人の会社……ＭＭ《エムエム》エステートのものだよ。さすがに聞き覚えあるだろ？」

「っ……」

事務手続きやらなんやらで、何度も目にしてきた会社だ。そこまできてようやく「ＭＭ」が「本宮」なのだと気がついた。

口が開いたままになっていたのを慌てて引き締める。頭のなかは余計に混乱していた。

「ここもなんだけどね」

「えっ」

アパートや小さなビルならばともかく、こんな大きな——テナントがたくさん入っているようなビルまで持っているとは驚きだった。まして持ちビルや駐車場はほかにも多数あるのだという。

「そ、それ……俺が住んでることって向こうは知ってるんですか？」

「もちろん。物件を紹介する前に話しておいたよ。あのときは、借り主として問題なければ勝手にどうぞ、みたいな感じだったかな」

あくまで経営者として対応したということか。存在を認めていない孫に嫌がらせをする人ではないようだ。そこまでの関心がないだけとも考えられるが。

だがなぜいまになって役員の話になるのだろうか。

「ずっと説得はしていたんだよ」

「え、俺に会いにきたことは内緒って言ってませんでした？」

「あのときはね。さすがに物件探しのときに報告はしたよ。隠しておくことでもないし」

「大丈夫だったんですか？」

「隔週で会っていたとは思ってないと思うよ。さすがにそこまでは言ってないから」

余裕の態度を見る限り本当に問題ないようだ。そもそも本宮家の顧問弁護士なのは伯父の遠藤であり、暁斗自身はそこの一弁護士でしかない。本宮家とはプライベートでの関わりのほうが大きく、暁斗にとって比沙子は「親戚のおばさん」感覚なのだそうだ。

　とりあえず思っていたよりも気安い関係だということは理解した。

「で、このたび説得に成功したというわけです」

「いやでも、そんなの向こうは納得してるんですか？」

「したからこうして書類があるんだよ。ただ、いまだに『会う』とは言ってくれないんだけどね」

　困った人だ……とでも言い出しそうな顔で暁斗は笑う。滲み出ているのは比沙子への好意的な感情で、暁斗がそんなふうに語るならば、そう悪い人ではないのかもしれないとふと思ってしまった。

　もちろん蟠《わだかま》りのほうがずっと強くて大きいのだけれども。

「役員にするって決めたこと自体がびっくりなんですけど」

「そこは理性的に考えたんじゃないかな。だってね、いくら比沙子夫人が拒絶したところで、瑠佳くんが唯一のお孫さんであることは事実なんだ。比沙子夫人の意思とは関係なく、瑠佳くんの権利は法的に保障されてる。だったら、最初から渡す方向で考えたほうがいいのでは……みたいなことを言ったら納得してくれたよ」

「いやいやいや」

「比沙子夫人としても、赤の他人や国に渡るよりはいい……という感じなのかな。というわけで、君が拒否しない限り本宮家の遺産も相続することになるよ」

「どっちも拒否するつもりですけど」

法的な権利があったとしても、そこは瑠佳の意思が優先される。役員報酬にしても同様のはずだ。会ったこともない祖母に、遺産や報酬を喜んで受け取る人間だ……と判断された事実に、もやもやとした気持ちになった。

「でもね、瑠佳くん。役員報酬があれば奨学金の返済もすぐ終わるし、遺産を相続すれば開業することだって出来るよ。なにより、これは君の正当な権利なんだ」

「でも顔も知らない人から遺産なんて……」

「君に似ているよ」

「え？」

きょとんとする瑠佳を見つめ、暁斗はひどく優しい顔をした。また勘違いをさせる態度だと、瑠佳は少しだけ心のなかで拗ねた。

「比沙子夫人の若い頃を写真で見たことがあるんだけど、君にとてもよく似ていたよ。目元がお母さま譲りらしいから君は母親似でもあるんだろうけど、比沙子夫人を知っている人なら一目で血縁関係を納得するくらい似てる」

「そんなこと……言われても……」

「中身も少し、似てるかな。特に意地っ張りなところがね」

まるで微笑ましいものを見るような顔をするのはやめて欲しい。瑠佳はますます拗ねて、じっとりした目で暁斗を見た。

「どうしていまになって、そういうこと言うんですか。いままでずっと黙ってたのに」

「一年半……以上だよね」

「は？」

「正確には一年八ヵ月。僕が関わるようになっても、君たちの関係には強く口出しはせずに見守ってきただろ？　でも双方まったく歩み寄りの姿勢が見られなかった」

「それは……そうですけど」

確かに比沙子も関わってこなかったが、こちらも完全に無視していた。いや、佳一の葬儀のときに声はかけたのだから、こちらのほうがわずかにでも姿勢は見せたはずである。

どうせ歩み寄ってみたところで今度も拒絶するだろう。そう思ったから瑠佳もそれ以降動かずにいた。

「らちがあかないから積極的に口を出すことにしたんだ。役員報酬の件は、比沙子夫人からの歩み寄りとは思えない？」

「……わかりません。というか、俺たちの仲取り持って暁斗さんになんのメリットがあるんですか」

「メリットについてはともかく、役員については了承してくれないかな。相続はそのときになったら考えればいいと思うよ。比沙子夫人、軽くもう二十年くらい元気で働きそうだし」

どうやらまだ見ぬ祖母は相当アクティブな人のようだ。

書類に目を落として考え込んでいると、暁斗は熱心に説得をしてきた。ここで拒否するとさらに拗《こじ》れそうなので、あいだに入った自分の顔を立ててくれないか、とも言われた。

暁斗と比沙子の関係がどういうものなのか正確に知ることは出来ないが、良好なものであることは確かだろう。その暁斗から懇願されたら瑠佳は折れるしかない。あるいはそれを見越してこういう言い方をしたのかもしれないが。

「……役員って具体的になにをするんですか？　ほぼ、っていうことは、少しはやることがあるってことですよね？」

「月に一度くらい、地方の物件の点検と見まわりをする……ついでに僕と旅行しようか」

「は？」

「まぁ、その程度ということです。確か南房総《みなみぼうそう》と伊豆《いず》高原《こうげん》と那須《なす》と……あと何カ所かに貸別荘や管理してる物件があるらしいよ」

いずれも外部委託の管理人を雇い、必ず写真付きの報告をさせているというが、やはり定期的にチェックする必要はあるのだという。いまはそれも外部の人間にさせているのだとか。

「そんな条件でいいって、祖母が言ったんですか？」

「納得出来ないなら本人に直接聞く？」

「嫌です」

とっさに返してしまった。向こうが会おうとしない限り、こちらだって顔をあわせるつもりはないのだ。意地というより、単純に余計なことをしたくないだけだ。

瑠佳は書類に目を通し、事務的に書かれた内容を把握した。

「……返事は保留でいいですか？　もう少し考えたいです」

「前向きによろしく。出来れば今年中に返事は欲しいそうだけど、個人的には急がなくてもいいと思っているよ。ゆっくり考えて、折り合いをつけていけばいいから」

あくまで判断は任せると言われ、瑠佳は頷いた。

祖母の使いのようなこれが暁斗にとって仕事なのか、それとも個人的な感情に基づく親切なのかは不明だが、瑠佳にとって悪い話でないことは理解した。

暁斗の誕生日に、瑠佳は思いがけず彼の家の留守を預かることになった。

そういうと大げさだが、要するに暁斗が外出しているあいだに乃愛の面倒を見るだけの話だ。もちろんモカも連れてきている。

昨日の夜、帰り際に暁斗に相談されたのだ。乃愛は何時間くらいなら留守番出来るのか、と。もう三ヵ月近いので当然数時間の留守番は可能なのだが、瑠佳はつい「預かりましょうか」と言ってしまった。余計なことを口走ったと後悔したものの、暁斗はむしろ安堵《あんど》した様子を見せ、申し訳ないと言いつつ頼んできた。

シッター代は辞退した。

なんのための外出かは聞いていないし、暁斗も話さなかった。ただ通常業務がない日――つまり週末でないといけない用事らしく、たまたまそれが誕生日当日になってしまったようだ。

(守秘義務があるのはわかってるし……)

瑠佳にはそもそも突っ込んで訊《き》く資格はない。たとえプライベートの用事だったとしても、暁斗がそれを瑠佳に説明する義理もないのだから。

「そろそろ帰ってくるかもよ」

時計の針は夜の九時を指している。

昼過ぎに出かけた暁斗は、正確な帰宅時間はわからないと言いながらも、遅くとも九時には……と言っていた。

食事は家にあるものですませた。買ってきてもデリバリーでもいいと言われていたのだが、それはそれで面倒だった。

遊び疲れた乃愛が眠ってしまったので、瑠佳はモカを膝に乗せたまま卒論の仕上げにかかった。すでに書き上がっているのでチェックしているところだった。

出せばいいと言われているような論文でも、それなりの体裁は整えたいと思っている。

「よし、誤字脱字ＯＫ」

保存したのを確かめて、インターネットに繋ぐ。このパソコンも暁斗から譲ってもらったものだ。三年使ったと言っていたが、もらって一年たっても問題なく稼働している。そしてこの家ではＷｉ《ワィ》－Ｆｉ《ファィ》でインターネットに繋ぎ放題なので助かっている。

不動産情報サイトを覗こうと検索をかけていたら、ＳＮＳのトレンドワードに「久賀暁斗」が上がっているのを見てしまった。

「またか」

あれ以来よくあることなので、いちいち確認したりはしない。見れば不快な書き込みも目に入ることがあるからだ。

大人気の暁斗だが、当然否定的なことを言う者はいる。なんにでも噛みつく人種は一定数いるものだ。取るに足らない言葉でも気分が悪くなるのは確かなので見たくはなかった。

瑠佳は無視して目的のサイトへ飛び、物件を検索した。就職したら引っ越したいと思っているので、少し見ておこうと思ったのだった。

「このへん高いなー……あ、でも駅から離れれば大丈夫かも」

勤め先は駅の近くだが、自宅までそうである必要はない。瑠佳としては徒歩で出勤をしたいのだ。モカを連れていくことは職場の許可を得ているし、出来れば混雑する電車にも乗りたくない。徒歩が無理ならば自転車も考えている。

物件をいくつか見ているうちに暁斗が戻ってきた。

寝ていた二匹がぴょんと起き上がり、それぞれに歓迎の姿勢を見せた。

「ただいま」

「おかえりなさい」

瑠佳は内心あれ、と思った。暁斗のヘアスタイルが出かけたときと違い、見たことがない形にセットされている。

整髪料を使って少し毛先を遊ばせていて、いつもよりさらに華やかな印象だ。

用事のついでにヘアサロンに行ったとしても不思議ではないだろう。なにしろ平日は仕事に追われているわけだから。

「遅くなってごめん」

「いえ、論文やってたし、ネット使えるんで助かりました。あ、ご飯って食べました？」

「ああ。仕事相手とすませてきたよ」

「それじゃ冷凍しちゃいますね。あの、多めに作っちゃったんで。材料使わせてもらいました」

フライパンに残ったチャーハンを保存容器に入れて冷凍庫に入れ、瑠佳は帰り支度を始めた。

「遅くまで悪かったね」

動いた暁斗から、ふっと人工的な匂いがした。香水なのか化粧品なのかわからないが、とにかく嗅《か》いだことのない香りだった。

暁斗は普段香水をつけない。もともとそうなのか、動物を扱う瑠佳の手前なのか、確かめたことはないけれども。

いつもの暁斗とはどこか違う気がした。雰囲気のせいかヘアスタイルのためか、色気が凄《すさ》まじくて直視出来ない。

「お邪魔しました。……また明日」

「よろしく」

「あっ、そうだ……言い忘れちゃってましたけど、あの……お誕生日おめでとうございます」

「ありがとう。気をつけてね」

送り出されて帰途につきながら、瑠佳は細く息を吐いた。

態度は普段と変わりなかった。少しだけ疲労感を滲ませてはいたが、それ自体は過去に何度もあったことだ。

「やっぱ香水……」

一番の違いはあれだ。自分でつけているというよりも、どこかで……いや誰かに移されてきたような香り方だった。整髪料の匂いではなかったように思う。

はっきりさせたくなかったから、瑠佳はなにも尋ねなかった。だというのに考えは嫌な方向にばかりいってしまう。

重たい石でも飲み込んだような気分だ。冷たくて尖った石に違いなかった。

くうんとモカが鳴いて、瑠佳は我に返る。いつの間にか自宅アパートのすぐ近くまで来ていた。


よく眠れない夜を過ごして、瑠佳はいつものように乃愛を迎えにいった。

暁斗はいつもとまったく変わらない態度で、しきりに瑠佳の顔色を心配していた。論文の穴が見つかって直すのに夜更かしした、ということにしておいた。

昨日のことはやはりなにも聞けなかった。

「おはようございます」

スタッフルームに顔を出すと、振り返った小野田がおやという顔をした。

「おはよ。どうしたの、顔色悪いよ」

「あー、ちょっと寝不足です」

「大丈夫？」

「はい」

瑠佳はモカと乃愛をケージに入れて、着替えるためにロッカールームへ向かう。途中ですれ違ったスタッフ二人にも同じことを言われたので、よほどひどい顔をしているのだろう。

着替えてスタッフルームに戻ろうとすると、廊下へ出たところで出勤した明里に出くわした。手にはしっかりスマートフォンが握られている。

「もう最悪！」

「どうしたんですか？」

「知らない？　そうか、本宮くんはＳＮＳ見ないもんね」

「はい」

明里はひどく落ち込んだ顔をしていた。一方で憤慨もしているようだった。顔色はおそらく瑠佳以上に悪いだろう。目の下にはクマが出来ているし、白目も充血していた。

すぐにでもここを立ち去ってしまいたかった。ある種の予感が働いて、この先を聞きたくはないと思った。

「久賀さん、彼女いたみたい」

「……彼、女」

「うん。そりゃねー、いるよねー。けどさぁ、わざわざ写真撮ってアップするとか、余計なお世話だよね！」

明里の鼻息は荒く、手にしたスマートフォンを握りつぶしそうな勢いだ。

瑠佳はなにも言えずに、ただ曖昧な笑みを浮かべることしか出来なかった。

「廊下でなにやってるの。飼い主さんに聞こえるからこっち来なさい」

すでに待合室には患者を連れた飼い主の姿がある。声までは聞こえないはずだが、もっと大声になれば注意を引いてしまいかねなかった。

明里は瑠佳を引き込んでスタッフルームに入った。

「やっぱ荒れてるねー」

「荒れますとも！」

「誕生日デートくらいいいじゃんね？　芸能人じゃないんだから放っとけばいいのにさ」

「ですよね！　見かけたからって写真撮ってばらまくか？　って感じですよ」

「彼女自体は許すんだ？」

意外そうに男性獣医師がからかうと、明里は心外だと言わんばかりに頬を膨らませた。

「いて当然だと思ってたんで。別に彼女いたって担降りしたりはしないですよ。怒ってるのは写真撮ったやつと拡散したやつらです！」

「なるほど」

「なになに？　久賀暁斗って写真撮られたの？」

「週刊誌じゃないですよ。誰かが隠し撮りして、ＳＮＳに載せたんです」

どうやら昨日、丸《まる》の内《うち》のとあるホテルで暁斗が女性と会っていた、という目撃情報が写真付きでアップされたようだ。見たくないのでスマートフォンを覗き込んだりはしなかったが、ホテルのエレベータ付近で女性と並んで立つ暁斗の写真がばらまかれているようだった。二人は客室フロアで下りた、という文章も添えられている。

「相手の顔わかんないね」

「そこまで若くなさそうじゃない？　同じくらいか、ちょい上かも？」

「未成年じゃなきゃいいんじゃねーの」

「相手の服とかめちゃめちゃおしゃれじゃないですか？」

「ね。ファッション誌とかマネキンとか、見てるみたい」

乃愛とモカをかまいながら、瑠佳はそういうことかと自嘲した。昨夜の違和感すべてに説明がついてしまった。

指先が震えるのを、逆の手で握り込む。モカが不思議そうに瑠佳の顔を見上げた。

「はいはい、その話はもういいから準備するように。君も早く着替えてきなさい」

見かねたのか、普段は黙っていることが多い三十代後半の獣医師がパンパンと手を叩いた。蜘蛛の子を散らすように皆が診察室へと向かった。

瑠佳もモカたちをケージに入れて後を追う。

動揺はまだ収まっていなかったが、いまは実習に集中することを自分に言い聞かせ、必死で笑顔を作って対応した。

小野田班の雰囲気はいつもと違うものだった。診察中はなんとか気を張っているのだが、合間合間に溜め息が重なってしまうのだ。それを見て小野田までが溜め息をつく有様だった。

そんな調子で午前中の診察は終わったが、その途端に小野田が軽く肩を突いてきた。

「どうした？　寝不足ってだけじゃないでしょ？」

「先生、私には聞いてくれないんですか」

「あなたは原因わかってるからいいの。荒れてるけど暗くはないし」

「そうなんですけどー。って、本宮くん大丈夫？」

「すみません。午後の診療までになんとかします。あの……ちょっと昼ご飯買ってきますね」

逃げるように診察室を出て、ロッカーから財布だけ持って外へ向かった。外といっても大学構内であり、食欲がないので飲みものだけ買って中庭の木の下に座り込んだ。

思ったより寒いけれど、いまはどうでもよかった。買ったお茶は温かく、ペットボトルを抱いていると少しは寒さもしのげた。

(彼女と会ってたのか……そっか)

いつの間にそんな相手が出来たんだろうか。それともずっと前からいて、瑠佳が気付かなかっただけなのか。

なにも知らずに浮かれていたのがバカみたいで、いっそ笑えてくるほどだ。

(なんで言ってくれなかったのかな)

それほど信用がないということなのか。いやそれはないはず、と思いたかった。信用できない者に大事な猫や鍵を預けたりはしないだろう。

ならば機会がなかったか、それとも――。

(まさか、気付かれて……?)

瑠佳の想いを知っていた暁斗が気を遣って黙っていた、ということも考えられる。だとしたら相当いたたまれない。

瑠佳は立てた膝に顔を埋《うず》めた。

思っていた以上にショックで、そんな自分が情けなかった。覚悟なんて笑えるほど出来ていなかったではないか。

(片想い上等なんて……全然じゃん)

それとも落ち着けばこの想いも苦にならなくなるのか。必要とされているならばそれでいいと思えるようになるのか。

想像がつかなかったし、無理だと思った。

(専属獣医の話も無理だよ)

だってそれは、暁斗が愛する人に微笑みかけるのを、ずっと近くで見続けなければならない、ということだ。

やはり暁斗は瑠佳の気持ちを知らないのだろう。知っていて近くにいろと言うような残酷な人ではないのだから。

「笑えるかな……いや、笑わないと」

夜までに気持ちを整理しなくてはならない。乃愛を送り届けて、いつものように笑って話して、また明日と言うのだ。

もしかしたらそのときにSNSの件に触れるかもしれない。動揺を見せず、「迷惑ですよね」くらい言わなければ。

「うん、出来る。やらないと」

両手で頬を叩いて活を入れ、温《ぬる》くなりかけたお茶を飲みながらスタッフルームに戻った。昼は大学の学食で食べたことにし、空いている席に座った。

明里はスマートフォンで情報を拾うのに夢中で、買ってきたパンをほとんど食べていなかった。皆は呆れて放置気味だ。

暖かい部屋でそんな明里を眺めていたら、ついまた溜め息が出てしまった。

「お？　本宮もヤベーの？」

なぜか向かいの席の同級生が反応した。

「え？」

「卒論。卒論ヤバい？」

「なんで溜め息イコール卒論なのよ。本宮くんは出来たのよね？」

「はい」

瑠佳の返事に肩を落としている同期は、聞くまでもなく卒業論文に苦しんでいるようだ。彼は文章を書くことが非常に苦手で、小学校のときから作文で苦労してきたという。

そんなわけでいまもスタッフルームで執筆中である。獣医師や看護師に協力してもらってなんとか書き進めている。

「本宮くん、中庭通ってきたの？　寒かったでしょ」

「今日めっちゃ寒いよね。庭の景色も超寒々しいんですけど」

中庭の木は風に吹かれて揺れているし、落葉樹の葉はあらかた落ちている。彩りといえば山茶花《さざんか》のピンクのみだ。

確かにかなり寒かった。しばらく座り込んでいたので、まだ手が冷たかった。

「雨も降りそうじゃん」

「さすがに雪はないか」

「それはないね」

「キャンセル多いのもそのせいかなぁ。佐々木さんも珍しくキャンセルですって」

タブレット端末を見て小野田が呟いた。診療スケジュールはリアルタイムで更新されている。

話しているうちに午後の診療時間が始まり、腎臓を悪くしている猫や肥満の犬を診ていった。いずれも定期的に来る患者だった。

そうして三組目の患者を待っているとき、ドアの向こうからパタパタと慌ただしい足音が聞こえてきた。

ノックもそこそこに引き戸が開く。

「本宮さん！　急いで来てください！」

「はいっ？」

「早く早く！」

「え、あの……」

「いいからっ！」

興奮気味の受付係は飛び込んでくるやいなや、瑠佳の腕をつかんでどこかへ行こうとする。説明もなにもなく、早く早くと急《せ》かすばかりだった。

「待って待って、なんなの？　本宮くんをどこに連れていく気っ？」

「ですから久賀暁斗が来ててお祖母《ばあ》さんが危ないそうなんです！」

「はぁ？」

怪訝《けげん》そうな声を上げたのは制止した小野田だった。瑠佳は無言だがまったく同じ反応をしそうになっていた。

そんななか明里は大きく声を張った。

「いま久賀さんって言いました？　え、なに？　なんの話？」

「だから久賀暁斗が来てるんですって」

「なんで！」

「お祖母さんが倒れたからです！」

「誰の？」

そこで受付係の視線は瑠佳に向いた。

「え、俺？」

「って言ってたんです。早く来てください！」

今度は手を引かれるまま診察室を出た。外はざわついていて、受付の周辺はスタッフや飼い主たちが一点を見つめている。

視線の先にいるのは確かに暁斗だった。

どんな顔をして会えばいいのかわからず、瑠佳は俯《うつむ》いて足を止めた。

「ええーっ、どういうことっ？」

後ろをついてきた明里はなかばパニック状態だが、瑠佳にはそれを気にかける余裕がない。なぜここに、という思いでいっぱいだ。

だってまだ心の準備が整っていない。いつものように暁斗と話せる自信などなかった。

「瑠佳くん」

呼びかけられて、そろりと顔を上げる。目があうと暁斗は少し安堵したような表情になったが、それでも普段とは違って硬さが目立った。

「お祖母さまが救急搬送されたそうです」

「あ、あの……」

「担当の先生とこちらの病院に許可は取りましたので」

暁斗は周囲の目と耳を気にしてか、弁護士然としてそこにいる。だがこれは個人での動きだろう。倒れたからといって比沙子が瑠佳を呼ぶとは思えないし、そもそも呼べる状況かどうかも不明だ。会ったこともない人だ。会おうともしてくれなかった。

けれどそれは瑠佳も同様で、だからこそ暁斗が作ってくれただろう機会を蹴ってはいけないと思った。

「急いで着替えてきます」

軽く頭を下げて踵《きびす》を返す。すると唖然としている明里と、その隣で観察するような目をしている小野田がすぐ近くにいた。

「あの、モカと乃愛をお願いしていいですか。今日中に迎えにきますから」

「いいわよ。その代わり後でちゃんと説明よろしくね」

「……はい」

こうなった以上は仕方ないことだ。後のことは考えないようにしながら、視線を浴びつつスタッフルームへ向かう。

手早く着替え、必要最低限のものだけ持って引き返す。受付前で暁斗と合流し、彼の車に乗り込んだ。そういえば初めて乗ったなと、走り出してから思った。

　祖母が倒れたと聞かされても瑠佳は冷静だった。うろたえるほどの関係ではない。

　我ながら薄情だと思うが、暁斗のほうが気になって仕方なかった。顔を見たら思ったより胸が痛んで、油断したら泣き出してしまいそうだった。

　だから故意に意識を祖母へと向けた。

「どんな具合なんですか？」

「実は僕も詳しくはわかってないんだ。例の家政婦さんから連絡をもらって、どうにか君を連れてきてくれないかって頼まれて」

「そうなんですね……」

　二十分ほど走り、大きな病院に到着した。受付をして教えられた病室へ行くと、どうやらそこは個室のようだ。

　暁斗がノックすると、やや硬質なイメージの女性の声がした。

　途端に暁斗の緊張感が少し和らいだように見えた。

「失礼します」

　部屋は思っていたより広く、ベッド以外にソファやテーブルといったスペースまである豪華さだった。

　そしてベッドに横たわる人が、写真ですら見たことがなかった祖母――本宮比沙子らしい。

自分に似ているかどうかはわからなかった。

彼女はじっと瑠佳を見つめている。とりあえず「危険な状態」には見えないし、弱々しさもまったく感じられなかった。

「千枝さんに担がれたようね。この通りピンピンしているわよ」

奥のソファに座っているもう一人に目をやり、そのまま瑠佳はぽかんと口を開けた。目があったその女性は、ふふふといたずらっ子のような顔をして笑った。

「さ……佐々木さん……？」

「ごめんなさいね。今日の予約をキャンセルしてしまって。ほら、奥さまが倒れてしまわれたものだから」

「……いえ、ああ……はい」

「代わりに明後日入れてもらったから、お耳の掃除と爪切りをよろしくね」

いつもと変わらぬ態度でにこやかに言われ、なんとか頷いて見せる。

やりとりのなかで関係性を理解したらしく、誰もその説明は求めてこなかった。ただ疑問はあったようで、暁斗が苦笑しながら佐々木に問いかけた。

「千枝さん、いつから通われていたんですか？」

「去年よ。瑠佳さんがいるって聞いたから、どうしても会ってみたくて」

「確かに話しましたけどね……だったら僕には言ってくれてもよかったじゃないですか」

「あら、暁斗さんだって、しょっちゅう瑠佳さんとデートなさってるでしょ？　でも教えてくれなかったし、誘ってくれなかったじゃありませんか。おあいこです」

おっとりと言い切る佐々木に、暁斗はなにも言えなくなって引き下がった。口のなかで小さく「なんで知ってるんだ」と呟いていた。

ベッドの上から大きな溜め息が聞こえた。額に指先をやり、比沙子はやれやれと言わんばかりの顔をしている。

「わたくしの病状を大げさに伝えたのも千枝さんというわけね？」

「そうですよ。ごめんなさいね」

意外にも祖母は佐々木のすることを溜め息一つで受け入れた。家政婦と雇用主という立場だが、それ以上の確固たる繋がりがあるのは間違いなさそうだった。

「つまり深刻な病状というわけではないんですね？」

「ええ。倒れたといっても、別に意識をなくしたわけじゃないのよ。心臓が少し悪いみたいだけど手術が必要なほどでもないそうよ」

投薬で改善を試みる方針だそうで、退院もすぐに出来るという。そこまでわかった上で佐々木は暁斗も騙《だま》したのだ。

「役員の件も進みましたし、そろそろ会うべきじゃないかと思って」

「……最初から僕と千枝さんは協力すべきでしたね。全部持っていかれた」

「暁斗さんも頑張っていらしたじゃない」

なにを言おうと、結局こうして対面となったのは佐々木の策略の結果である。きっと彼女なりに瑠佳という人物を見極めた上で、今日という日に至ったのだろう。

瑠佳は小さく深呼吸すると、初めてまっすぐに比沙子を見据えた。彼女もまた瑠佳を強い目で見つめ返している。

「はじめまして。本宮瑠佳です」

「本宮比沙子よ」

互いにそれだけ言った後、黙り込んでしまった。瑠佳はもちろんだが比沙子も相当態度がぎこちなく、けれども予想外に空気は悪くなかった。

暁斗も佐々木も口を挟まない。ここは当人たちでなんとかするべき、とでも思っているようだ。

比沙子は黙ってしばらく瑠佳を見つめた後、小さく嘆息した。

「いまさらだけど、肉親としての義務は果たすつもりよ」

つっけんどんな物言いだった。初対面の瑠佳には、それが投げやりなのか怒っているのかもわからない。

すると佐々木がくすくすと笑いながら言った。

「お祖母ちゃんと孫として、これからはよろしくね。という意味ですよ」

意訳が過ぎるのではないかと思ったが、暁斗はおろか比沙子本人からも否定はなかった。ただし比沙子は苦虫を嚙みつぶしたような顔をしているが。

「まぁ奥さまったら、そんなに照れなくてもよろしいのに」

「照れてなんかいないわよ」

「はいはい」

まるで姉妹のように思えてきた。いつもこうなのかと問う意味で暁斗を見ると、苦笑しながら視線を返してきたのでそうなのだろう。

佐々木がお茶を入れてくれたので、二人とも腰を下ろすことになった。

だからといって話が弾むわけでもない。どうやら瑠佳の状況は比沙子も把握していたらしく、あらためて質問することもないようだった。

「あら、変な人たちがいるわ」

窓から外を見て、佐々木が少し嫌そうな声を出した。

「相変わらず周辺が賑やかみたいね」

「ええ、まぁ」

「問題はないの？」

「探られて困ることは、少ししかないですから」

「あら、あるのね」

「人間なので」

暁斗はにっこりと笑った。確かめるまでもなく「少し」の内容は彼女のことだろう。

「では僕たちはそろそろ」

三十分ほど病室に滞在した後、暁斗は瑠佳を促して立ち上がる。

帰ろうとして、ふと瑠佳は比沙子を振り返った。

「あの……なんて呼べばいいですか？」

呼びかけようとして困ってしまったのだ。だったら本人に希望を取ろうと思った。

意表を突かれたような顔をした後、比沙子はふいと視線を逸らした。

「なんとでも好きにお呼びなさい」

ちょっと困った。なんでもいい、が一番困るのは世の習いだ。

「とりあえず比沙子さん、でよろしいのでは？　最近はお祖母ちゃんと呼ばないお孫さんも珍しくないそうですよ」

佐々木が出してくれた助け船に瑠佳は飛び乗ることにした。一番言いやすく、照れも躊躇いもいらない名案だった。

比沙子も否定しないので、それでいいのだろう。

「暁斗さん。例の追加分、後でその子に説明しておいてちょうだいね」

「むしろ、ここでしましょうよ」

ドアのところで立ち止まったまま、暁斗は瑠佳に向き直った。今度はなんの話だと、つい身がまえてしまった。

「奨学金についてだけど、比沙子夫人が今年中に一括返済するそうだよ。来年以降は、贈与税がかからない額を振り込んで、それ以外に役員報酬を渡していくから」

「は？　え、いやいやそれはちょっと……！」

急展開の数々に戸惑うことしか出来ないというのに、救いを求めても佐々木はにこにこ笑うばかりだし、暁斗は頷けとばかりに圧をかけてくる。

仕方なく瑠佳は比沙子に目をやった。

彼女は枕元の本を手にし、眼鏡をかけていた。

「孫にしてあげるはずだった二十数年分のあれこれだから、当然の権利として受け取りなさい」

「いままであげてこなかったお小遣いをあげたいってことですよ」

佐々木の通訳に、今度も否定の声はなかった。

「行こうか」

過剰な情報と処理しきれない感情に翻弄されながら、瑠佳は暁斗に続いて病室を出た。ドアを閉める瞬間に、「また、来ます」と言うのがやっとだった。

そこから車で一度動物病院に寄ってもらい、詳しい説明は後日すると約束してモカと乃愛を連れ帰る。とりあえず「祖母の顧問弁護士の代理」という、一番説得力のある説明だけ置いていった。

その後アパートではなく暁斗のマンションに向かっていると気付き、瑠佳の緊張は高まった。出来ればこのまま帰ってしまいたかった。

「話があるんだ」

「……はい」

嫌だと言いたかったけれど瑠佳は頷いた。引導を渡すならば早くしてくれと、なかば自棄《やけ》になっていた。

マンションの駐車場は完全に屋内で外の視線を遮断出来るから、気兼ねなく出入りが出来た。そして相変わらず誰にも会わなかった。

「大事《おおごと》じゃなくてよかったね」

「そう……ですね。うん、そう思います」

実際に会ったせいか、いまは心からそう思えた。結果的には、心の準備もなく会ったことがよかったのだろう。

どこかすっきりとした気持ちではあったが、それはほんの一部分でしかなかった。瑠佳の心はいまだにズキズキと痛み続けている。

そして疲労感も相当なものだった。自覚していた以上の緊張だったようだ。

瑠佳はソファに座り、暁斗が切り出してくるのを待った。

足下では二匹が楽しそうに走りまわっている。いつの間にか仲良しになっていて、一緒に遊んだり眠ったりしている。

ふと今日のことに礼を言わねばと思った。あれだけの騒ぎのなか、彼はわざわざ迎えにきてくれたのだから。

「暁斗さん……あの、ありがとうございました。いろいろ……今日のことも含めて、ほんとに」

「今日に関しては千枝さんだよ」

「佐々木さんにもお礼を言っておきます」

明後日予約が入っていると言っていたから、その際に隙を見て言おうと決める。佐々木が瑠佳との関係を隠すつもりがないのなら、堂々と礼を言えるだろうけれども。

少しの沈黙が流れた後、暁斗はあらたまった口調で言った。

「瑠佳くんに弁明したくて来てもらったんだ」

「弁明……？」

「昨日からちょっとした騒ぎになってるんだけど、知ってる？」

瑠佳が頷くと、暁斗は苦笑交じりの溜め息をついた。

「まず最初に言っておくと、事実無根だから。君に説明するために先方の許可を取ってきた。本当は公式発表まで黙っていないといけなかったんだけどね、それじゃ僕が困るから」

先方だとか公式発表だとか、一体なんの話なのか。いやそれよりも誤解という部分が瑠佳には重要だった。

思わず縋《すが》るような目で暁斗を見つめた。

「昨日は雑誌の撮影とインタビューだったんだ。公式発表とか許可とかいうのはそれで、ホテルは撮影場所だった。だから当然、人は大勢いたんだよ。一緒に写っていた女性は編集部の人だから。悪意でもって、あえてほかのスタッフさんたちは写真から消されてたんだ」

いくらでも加工できるのだと暁斗は溜め息をついた。そうして雑誌の名前を言うとともに、何枚もの名刺を見せた。

瑠佳でも知っている女性向けの総合週刊誌で、攻めた特集を組むことや表紙に話題の人を起用することで知られている。

「……だから、髪……？」

「ああ、弄《いじ》られたよ」

「香水も？」

「ヘアメイクの人やスタイリストから移ったんだと思うよ」

「そ……か……」

なんだか急に力が抜けて、ぐったりとソファに沈み込んでしまった。なんだそうだったんだと笑いたくもなった。

だが今回はそうだったというだけで、恋人を隠していることだってあり得るし、いまはいないとしても、この先ずっとそうだとは限らない。

気持ちはとても複雑だった。

「瑠佳くん」

「はい？」

首を傾げると、大きな手がまた頬に触れてきた。

びくっと一瞬だけ震えた後で固まった瑠佳は、心のなかではあわあわと慌てふためきながらも触れられた手から意識を離せないでいた。

心臓の主張が激しくて、耳元で鼓動が聞こえる。どうすることも出来ないでいるうちに、囁《ささや》くような暁斗の声が聞こえた。

「嫉妬してくれた、ってことでいいのかな」

暁斗は嬉しそうな、けれどもどこか申し訳なさそうな顔をしている。

いままでにないくらい近くで見つめられ、とっさに逸らそうとしたのに今度は両手で顔を挟まれ逃げられなくなった。

瑠佳はもう耳まで真っ赤だ。

「好きだよ」

「っ……」

甘く囁かれた声に心臓が止まるかと思った。

はくはくと唇が意味もなく動き、それ以外の部分は凍り付いてしまったように固まったままだ。

「一生大事にする。軽々しく一生なんて言ってるわけじゃないよ。本気だから」

こつんと額をあわせてきた暁斗の顔は近過ぎてよく見えないが、微笑んでいるだろうことは雰囲気でわかった。

「本当は国家試験が終わるまで待とうと思ってたんだけど……僕のパートナー……恋人になって欲しい」

「う、嘘……」

ようやく出た声は、いまの瑠佳の心を端的に表していた。

だってこれは片想いだったはずだ。瑠佳はとっくにその覚悟を決めて——非常に甘い覚悟であったことは思い知らされたが——片恋に殉じようとしていたのだから。

「嘘じゃない。しかも両想いだと確信しているんだけど、うぬぼれかな？」

するりと染みこんでくる言葉と、同じくらいに雄弁な瞳が、瑠佳の後ろ向きな心を揺さぶる。

首を横に振るのが精一杯で、言葉はまったく出てこなかった。混乱が激しくて、嬉しいと思うよりもこれが現実かどうか疑う気持ちのほうが強かった。

「それは拒否？」

「ち、違っ」

慌てて否定した後、見つめてくる暁斗の顔がとても楽しそうなことに気付いた。暁斗は少しだけ意地悪なところがあるようだ。

夢でも見ているのでは、と思わずにいられない。そのうちぱっと目が覚めて、打ちのめされてしまうのではないだろうか。

「ほ……ほっぺた抓《つね》ってみてくれません？」

「……なるほど、そっちを疑われてるのか」

苦笑の気配がしたと思ったら、暁斗の指がごく自然な仕草で瑠佳の顎を掬《すく》い上げた。そうして唇に触れるだけのキスをした後、瑠佳の唇を舌でなぞってから離れていった。

キスをされたのだと気付いたのは暁斗が離れて、どこかいたずらっぽい目で見つめてきたときだった。

耳まで熱くなるのを自覚しながらとっさに下を向いた。顎を押さえられていて、結局は視線だけになってしまったが。

「抓るより効果的だと思うよ。まだ信じられないなら、今度はもっと気持ちのいいキスを……」

「だ、大丈夫です！　あの、いや……そうじゃなくて、別にいまのは嫌って意味じゃなくて、ですね。あの……そうじゃなくて……なんで、俺なんですか……？」

「好きだから、じゃだめなのかな」

「だって暁斗さんなら、もっと……」

言いかけた口は、指先でそっと留められた。せっかくの告白をすんなり受け止めない瑠佳なのに、暁斗は少しも不快そうなそぶりを見せなかった。つくづく寛容で穏やかな人なのだと思う。

「君は自分で思ってるよりも魅力的だよ。綺麗で可愛いし、性格だっていい。頑張り屋なところも好ましいよね。けど、そういう部分だけで好きになったわけじゃない」

瑠佳はじっと暁斗を見つめ、続きを待った。柔らかな表情と口調のなかに、とても真摯で重い色合いが見えたからだった。

「きっかけってほどのことじゃないけど、君に会って話すうちに、いいなぁ……と思うようになったんだ。一緒にいるときの空気がね、すごく心地よくて。楽しいのはもちろんだけど、こう……とても満たされるような気がした」

同じだ、と思った。同じようなことを瑠佳も感じ、会うのが嬉しくて幸せで、次の約束まで過ごすあいだすら楽しかった。

「だからね、僕が一生をともにするなら、その相手は君しかないと思ったんだ。そういうふうに自覚して、君を誰にも渡したくないと思って……そこから恋だって気がついたんだけど」

暁斗はふふ、と小さく笑った。どこか照れたような笑みに、もしかしたらこの人は瑠佳が思うよりも恋愛に慣れていないのかもしれないと思った。少なくとも瑠佳と違って経験はそれなりにありそうだが、熟達しているというわけではないらしい。

「わかってもらえた？　もっと言葉を尽くしたほうがいい？」

「い、いえ……」

もう十分だった。というよりも、これ以上なにか言われたら過剰供給で倒れてしまうんじゃないだろうか。そもそも聞いたのは瑠佳なのだけれども。

「結局、告白の返事はＯＫということでいいのかな？」

返事を催促するように頬を撫でられ、思わずこくこくと何度も頷く。なんだか触り方が以前とは違うような気がしてならない。

「でも、出来ればその……ゆっくり深めていく感じでお願いします。全然、経験とかないから、早過ぎると無理……」

「……僕としては、これでもゆっくりのつもりだったんだけどね」

「でもキスした！」

「舌は入れなかっただろう？」

　爽やかに言われ、瑠佳は慌てて距離を取ろうとしたが、あえなく捕まった。

　そのまま膝に乗せられるという恥ずかしい目にあったものの、約束通りそれ以上は触れず、暁斗は機嫌のよさそうな瑠佳を抱きしめる。

「このままどこにも行かせたくないな」

「……明日も実習です。あ……そうだ、明日行ったら説明しなきゃ……」

「要点を纏めて印刷していこうか？」

「それは……いいかもしれない」

　きっと同じ説明を何度かする羽目になるだろうし、伝聞は話が変わったりするかもしれない。ならばいっそ紙面に起こすのもいいかもしれない。

　瑠佳は自分に両親がいないことも、駆け落ち婚のせいで親戚と没交渉であることも隠していなかった。聞かれなければ黙っていたので、いまは同期の一人と担当教授、そして小野田と明里だけが把握していることだった。

「僕も君のことを聞かれたら、お世話になっている人の孫って言っておくから」

「あ、はい。それが一番ですよね。事実だし」

「うん。事実の一部だけどね。まぁ、これからは堂々と出入り出来るかな。もしかしたらカメラを向けられたり話を聞きにこられるかもしれないけど……ああ、猫の話はしてもいいよ。そのほうがペットシッターっていう理由もつけられるし」

「はい」

　子猫を拾って飼っているなんて、またファンが盛り上がりそうな話だ。大型犬で妄想していた明里も、乃愛の飼い主だと知ったらそれはそれで全肯定するのではないだろうか。

　ちなみにさっきまで無邪気に遊んでいた二匹は、飽きたのか疲れたのかカーペットの上でくっついて寛いでいた。

「君のことは記事にならないように配慮してもらうから」

「う……でも、そういう覚悟もちょっとはしてたから大丈夫です」

　恋人としてではなく、親しくしている弟分としての覚悟だが、目をつけられることはあるだろうと思っていたのだ。

　人目は気になるが、会わないでいるよりはリスクを冒しても会いたいし、暁斗との繋がりが周知されるのは悪いことばかりではない。

なのに暁斗の憂いは晴れないようだ。

「君は綺麗だから変なやつに目をつけられたら困る」

「俺そういうの全然ないですよ？　なんか印象に残りにくいみたいだし」

よく見れば顔立ちが整っていると言われた口で、でも地味だねとも言われたことがあった。事実だと思っている。

母親の華やかさを瑠佳はあまり受け継がなかったのだ。清潔感第一でおしゃれが出来ないというのも地味な印象に拍車をかけているのだろう。

「俺のこと綺麗なんて言うの暁斗さんだけですよ」

「可愛い、とは言われてるのかな？」

「女性からは言われますね。さすがに男の人からは……やっぱ暁斗さんだけです」

いまでもスタッフや飼い主の女性たちから、可愛いとは言われている。だが彼女たちのあれは口癖のようなものだろう。

見苦しくはないはずだが、所詮はその程度だ。

なのに暁斗は困った子供を見るような目をしている。

「優しくされてもついていっちゃダメだよ」

「俺のこと何歳だと思ってるんですか。子供じゃないんですよ？」

「知ってるよ。子供を恋人にする趣味はないし、むしろ大人の付き合いに発展させたいと思っているくらいだし」

意味ありげに笑みを深めると、暁斗は瑠佳をそっと抱き寄せた。もともと密着していたのに、とうとう距離はゼロになった。

間近から見つめられ、どきんと心臓が跳ね上がる。

普段はあまり見せることのないひどく熱を孕《はら》んだ目に、どうしようもなくうろたえてしまう。声だっていつも以上に甘く聞こえて落ち着かない。

たっぷり時間をかけて顔を寄せてきた暁斗は、そのままゆっくりと唇を重ねてきた。

逃げることなんて出来なかった。

唇を舐められ、角度を変えて啄《ついば》まれ、やがて舌がぞろりと入り込んできた。口のなかを舐められると、ぞくぞくとした痺《しび》れが腕や背中にまで走り、思わずしがみつくように暁斗に縋っていた。

湿った音がいやらしく響く。逃げる舌を追いかけて、暁斗は深く深く瑠佳を貪った。

「っ、ん……」

息とも声ともつかないものがこぼれて、だんだん頭がぼうっとしていく。

触れたときと同様にゆっくり唇を離した暁斗だったが、名残惜しげに頬や耳に触れ、やがて首を強

く吸い上げた。

「やっ、待……」

びくっと震えたのは断じて感じたからではない。このままさらに先へ進むのでは、という恐れのせいだった。

「大丈夫。嫌ならしないよ」

優しい笑顔を見たら、後ろめたさがむくむくと湧いてきた。

大人の恋愛というものがどういうものか、瑠佳にはよくわからない。想いを伝えあってすぐに最後までする……というのが、一般的なのかどうかも不明だ。

けれどいつまでも待たせるのは酷というものだろう。

覚悟はまだ決まっていなかった。先の行為を考えると怖くて、暁斗の優しさに付け込みたくなってしまう。

だってどう考えても自分がされる側だ。確かめる気はないが、逆はまったく想像出来ないし難しそうだ。

（でも……）

暁斗だったら、とも思うのだ。むしろ暁斗でなければ絶対に嫌だった。

瑠佳は初めて自分から暁斗に抱きついて、ぎゅっと目を閉じる。

「えっと……もうちょっとだけ待ってください。あの、冬休みなら大丈夫です！　た……多分」

意を決して告げると、ふっと笑う気配がして頭にキスが降ってきた。

なんだか急に力が抜けて、じわじわと恥ずかしくなってくる。だが口に出して宣言したことで、ほんの少しだけ覚悟のようなものが出来た気がした。

家族のかたち

覚悟を決めて、瑠佳《るか》は実習先の大学付属動物病院に入った。

今日はいつもより早く家を出て、まずは所属研究室へ行って掃除をしながら担当教授を待った。普段から出勤が早い——本人曰《いわ》く自宅より大学が好きな——教授は、学生や助手が来ないうちにやってきたので、挨拶《あいさつ》をすませた後で昨日の顛末《てんまつ》について説明した。

「祖母がいることは以前話したことがあると思うんですけど……」

「ああ、うん。会ったことがないっていう」

「はい。その祖母と付き合いのある弁護士さんというのがいまして、その弁護士さんの甥《おい》というのが、昨日迎えにきてくれた人なんです。あ、祖母は大丈夫です。すぐ退院出来るそうです」

「それはよかったね」

教授は神妙な顔で何度も頷《うなず》いていた。

「お騒がせして申し訳ありませんでした」

「いやいや、君のせいではないし、騒ぎといっても深刻なものじゃないからね。私からもあまり突っ込んで聞かないようにみんなに言っておくよ」

いい意味で変わり者の教授は、関心ごとのほぼすべてが動物と後進の育成に向けられているので、昨日のような騒ぎなどどうでもいいのだろう。診療の邪魔になったり学習の場が乱されたりしなければいいらしい。

「ありがとうございます」

「ところでお祖母《ばあ》さんとは、どうなったの？」

教授が知りたいのは暁斗《あきと》のことではなく祖母との関係についてのようだ。両親が立て続けに亡くなり、唯一の肉親である祖母とも疎遠だということをとても心配してくれた人なのだ。

「あー……ええと、これから少しずつ交流していきましょう……みたいな感じですかね。実際に会ってみたら、嫌な人じゃなかったです」

「そうかそうか、うんうん」

よかったよかったとまた頷いてから、教授はすっと手のひらを上にした。

「じゃあ作ってきたっていう説明文を、一応もらえるかな？」

「あ、はい。どうぞ」

とりあえず二十枚ほどプリントしてきたものを、一枚教授に渡した。箇条書きされたＡ４の紙には、明かせる事実だけを書き記してあった。

これは伝聞によって事実と異なる話が広まることを防ぐために作った。悪意はなくても人づてに話がまわるうちに変化してしまうのは避けられないと思ったからだ。それならば一度きちんと文書に残しておいたほうがいいと思ったし、同じ話を何度もしなくてすむ、という理由もあった。

　さすがに教授には口頭で説明せねばと思い、こうして来たわけだが。

　退室してから病院に行くと、すでに来ていたスタッフが話しかけたそうな顔で待ちかまえていた。

「おはようございます」

「おはよ！　それで、あの……あっ、お祖母さまは大丈夫なの？」

　まず最初に祖母の話題を振られたが、それが本命でないことは重々承知している。周囲も固唾を呑《の》んで話に耳を傾けていた。

「あ、はい。深刻な状態ではなくて、すぐに退院出来るそうです。元気そうでしたし」

　心臓が少し悪いそうだが気をつけていれば問題がない程度だそうで、今回も疲れが溜《た》まっていたのが原因だったようだ。倒れたといっても意識を失ったわけではなく、めまいと吐き気で座り込んだまま動けなくなっていたらしい。精密検査をした上で、休めば大丈夫だと言われている。

　瑠佳を取り囲むスタッフたちは口々に祖母の回復を喜びつつ、次の言葉を発しようとかまえていた。目が爛々《らんらん》としているのだ。

「あの、ところで……」

「久賀《くが》さんのことですよね？」

「っ……！　そ、そう……うん、まぁそうなんだけど」

ばつが悪そうなのを気付かなかったことにし、瑠佳は口を開いた。

「うちの祖母の知り合いなんです。昔から法律関係のことを久賀さんの伯父さん……えっと遠藤《えんどう》さんって人に見てもらってるらしくて、それで久賀さんが俺のほうの手続きとかもやってくれたことがあって。あ、詳しくはここに纏《まと》めてきたんで読んでください」

手に持っていた説明文のうち、十枚抜いて残りを渡した。必要ならばコピーしてもかまわないと言って着替えに向かう。

もっと話を聞きたそうな気配は感じたが、いつまでも引き留めておけないことも承知しているようですんなりと解放された。

廊下で声をかけたそうにしている人には挨拶の後、詳しくはこれを……と説明文を渡した。ロッカールームでも一枚渡し、スタッフルームに着いたときには残り四枚になっていた。

思っていた以上に興味を持たれていたようだ。あらためて暁斗の人気ぶりと言おうか、注目度の高さを思い知らされた。

「おはようございます。昨日はお騒がせしてすみませんでした」

「あ、おはよ」

すでにいた明里《あかり》がかなりもの言いたげな顔をしているのは予想通りだ。むしろ想定よりもおとなしかった。

「えーと、時間までなら質問受け付けます。けど、とりあえずこれをどうぞ」

スタッフルームにいるのは現在七名だ。人数分はないが、一緒に見てもらえば問題ないだろう。読んでもらっているうちに小野田《おのだ》もやってきて、明里の隣から説明文を覗《のぞ》き込んだ。

一番早く読み終えたのは中堅獣医師の男性だった。

「ご両親が亡くなったっていうのは聞いてたけど、駆け落ちしてたのか」

「はい」

「それで勘当状態かぁ。お祖母さんと会ったことなかったって、なかなかすごいな」

「そう？　私の知り合いにもいるわよ。物心つく前に両親が離婚して母方に引き取られたから、父方の祖父母に会ったことないって人」

小野田の言葉に、別の若い獣医師が同意した。

「俺もいますね。母親と祖父母の仲が悪くて、そっちの親戚筋と会ったことないって人。両親離婚した後、父方の祖父母に会わないまま十五年くらいたってる、ってやつもいたし」

「そんなもんか」

「でも本宮《もとみや》くんは、お祖母さんと和解したわけよね？」

「あ、はい一応、お互い意地張ってもしょうがないでしょうみたいなことになりまして。これからは交流持とうか、みたいな感じです」

このあたりは正直に、だが詳細は語らずにすませた。さすがに家庭の問題を突っ込んで聞いてくる人はいない。そもそも彼らの関心は暁斗にあるので、祖母との関係はついでのようなものだろう。

それでもスタッフたちは明るい調子で頷いてくれた。

「よかったじゃん。天涯孤独より、一人でも身内いたほうが心強くない？　問題ありありの人だったら嫌だけど、そうじゃないんでしょ？」

「はい」

瑠佳は微笑《ほほえ》んで同意を示したが、心強さという点では特に変化はないのが実情だ。身内が出来たという純粋な喜びはあるものの、ずっと暁斗が支えてくれていたのだから困ってはいなかった。

もちろんそんなことは言えるはずもないので黙ってにこにこしておいた。

「お祖母ちゃんの具合そんなに悪くないみたいだし、マジでよかったな」

「ありがとうございます」

同じゼミの先輩だった人は、瑠佳が父親を亡くした当時にとても心配してくれた一人だ。彼は暁斗に興味がないようで、ひたすら祖母との和解を喜んでくれた。

「あの、そこにも書いてあるんですけど、久賀さんのことはあまり俺からは話せないです。すみません。個人情報ってこともありますけど、そもそも教えられるようなことがないっていうか」

非常に曖昧な言い方でごまかしているが、けっして嘘《うそ》をついているわけではなかった。暁斗の入れ知恵だ。

教えられるようなことがない、という言葉は「情報を持っていない」という意味にも取れるが、こちらとしては「教えていいと思えることがない」という意味合いで使ったわけである。

スタッフの何人かはあからさまに残念そうな顔をした。

「はいはい、そろそろお仕事よ。切り替えましょ」

小野田の号令でその場はなんとか仕事モードになった。もちろん全員が切り替わったわけではないだろうが、それは気持ちの問題であって実際に話を続けようという者はいなかった。

いつものように準備を行い、それぞれの診察室へと散って診療が始まった。

ヘルニアの犬に腎臓病の老猫に耳ダニの治療で通う犬、いずれも定期的に来る患者だ。その後は年に一度来る予防接種の猫と新規で来た風邪引きの子犬、尿結石のフェレット……と午前中の診療は少し時間を過ぎる頃までかかった。

消毒をすませて診察室を出ると、待ちかまえていた受付係が声をかけてきた。

「本宮さん。あの、佐々木《ささき》さんが……」

受付係の視線を追うと、にこにこと笑う佐々木が手に大きな紙袋を持っていた。今日は来院予定がないはずなのに。

「あ……こんにちは」

この場合はどう対応をしたらいいのだろうか。佐々木が祖母の知り合いだなんて、瑠佳は昨日まで知らなかったのだ。まして最初から事情を知っていて通い始めただなんて。

このまま素知らぬふりをするのか、それとも瑠佳の関係者だったことを明かすのか、佐々木の出方がわからないので無難に挨拶だけをした。

すると佐々木は親しげに近寄ってきた。

「こんにちは。昨日は私の早とちりでごめんなさいね。でも奥さまは瑠佳さんとお会い出来て、とっても喜んでらしたのよ」

どうやら積極的に関係をバラしていく方向で決まりらしい。佐々木には黙っている理由はないのだろうし、瑠佳としても明かすなら一息にやってしまったほうがいいので異論はなかった。

周囲はざわざわし始めていたが。

「えっと、今日は……？」

「ああ、そうそう。奥さま……いえお祖母さまの代理でご挨拶に参りました。瑠佳さんの先生はどちらかしら？」

この場合の「先生」とは小野田ではなく教授のことだろうから、受付係に頼んで担当教授に電話を一本入れてもらった。大学の研究室にいたので、そちらに向かうことにした。

その前に、説明を求める視線があまりに多かったので応えておく。

「実は佐々木さん、祖母の知り合いで。俺も昨日知ったんですけど」

「うふふ。ただのお手伝いさんですわ。瑠佳さんのことが気になって、こっそりここに通っていたんです。皆さん、瑠佳さんのことをよろしくお願いしますね。あ、小野田先生。いつもお世話になっております。また明日お願いします。これ、皆さんで」

結構な量の菓子折を唖然《あぜん》としている小野田に渡すと、佐々木は瑠佳を促した。そうして二人で研究室へと向かう。

背中にたっぷりと視線を感じた。

「……昨日の今日でバラしにくるとは思いませんでした」

「早いほうがいいかと思って」

「そうですね。ありがとうございます。あ、そうだ。佐々木さんには言っておこうってことになったんですけど、実は乃愛《のあ》の本当の飼い主って暁斗さんなんです。これはまだ内緒でお願いします」

瑠佳は周囲の耳を警戒しつつ小声で告げた。

佐々木は乃愛のことを知っている。待合室で飼い主同士が話すことはよくあり、そのなかで瑠佳がモカだけでなく猫も連れていることが話に出たらしい。毎日連れてきているのだから、人の目に留まるのは当然のことだった。その話を聞き、以前猫について尋ねられたことがあったのだ。

「あら、やっぱり」

「やっぱり、なんですか？」

「ええ、だって暁斗さんは昔から猫好きですもの。知り合いの猫ちゃん、って聞いたときから、もしかしてと思っていたの」

佐々木はおっとりとした口調と同じくらい歩みもゆっくりで、教授のところへ行くのに少し時間がかかってしまったが、案内した後は戻って昼食を取るように言われたので彼女を残してスタッフルームへと移動した。


診療を終えた後、瑠佳はモカと乃愛を預けたまま比沙子《ひさこ》のいる病院に向かった。

事情を明かしたおかげで非常にやりやすくなった部分もある。祖母の見舞いだと言えば、質問攻めからも解放されたし、モカたちの預けの延長も自然なことと受け入れられた。

ベッドの上の比沙子はさらに元気そうになっており、退屈なのか眼鏡をかけて本を読んでいた。

傍らには佐々木がいたが、瑠佳に場所を譲ってお茶の用意を始めた。持ち込んだらしいティーカップに香り高い紅茶が注がれていく。

比沙子は本を閉じ、眼鏡を外してまっすぐに瑠佳を見つめた。強い視線だが刺々《とげとげ》しさはなく、また探るような気配もなかった。

「実習というのは忙しいの？」

「忙しいというか……まぁ、はい。動物病院のアシスタントみたいなものなので……予約は朝からびっしり入ってますね。キャンセルが入っても大抵は予約外の患者が来るので」

「そう。いいわね、わたくしなんてもう退屈で仕方ないわ」

「まだ二日目ですけど」

「そうですよ奥さま。ゆっくり養生なさいませ」

思わず突っ込んでしまったが、すかさず佐々木の援護射撃が入った。比沙子は細く整えられた眉をひそめるものの、それは不満を示すものであり不快そうではなかった。

「なにもするなと言われても困るのよ」

「まさかのワーカホリック？」

「お黙りなさい」

ぴしゃりと言われたが、怖いとは思わなかった。自然と小さく笑みがこぼれた。

「そうなんですよ瑠佳さん。奥さまが病室にお仕事を持ち込もうとするから、お医者さまにお願いして禁止してもらったの。それでも電話でお仕事なさるんだから……」

webマンガサイト
https://comic-boost.com
COMIC ブースト powered by デンシバーズ
毎週 火曜・金曜 更新!
公式サイトはコチラ!
第1〜3話、最新話がいつでも無料!
(※一部作品を除きます)
あの世とこの世の間の宿場町にある温泉宿「此花亭」で繰り広げられる、癒しのノスタルジック和風綺譚。
天乃咲哉
「このはな綺譚」
転生した乙女ゲームの世界で待っていたのは超サディスト王子様からの過激な調教ライフ!?「ムーンライトノベルズ」の人気作、コミカライズ!
原作 うすいかつら
作画 かーみら
「詰んでる元悪役令嬢はドS王子様から逃げ出したい」
さのさくら
「ただの飯フレです」
原作 藤谷千明
作画 泥川恵
「オタク女子が、4人で暮らしてみたら。第2期」
原作 翡翠
作画 落槻あれれ
キャラクター原案 さちのしあ
「悪役令嬢はオジサマに夢中です」

杉原朱紀
どうすれば、時雨さんに食べてもらえる――…？
味方も居場所も失い、
幼い頃に命を救ってくれた
鬼・時雨が営む宿屋《ゆわい》へ
迎えられた凪。
いきなり「伴侶に」と望まれるが、
彼は凪をひたすら
甘やかすばかりで……？
ill:鈴倉 温
●本体価格700円+税
宵闇お宿の鬼の主のお嫁様
幻冬舎 ルチル文庫
2023年 7月刊
毎月15日発売
2023年8月18日発売予定 ●予価630円+税
愁堂れな［復讐の闇騎士］（ill:蓮川 愛）/雨月夜道［悪役転生なのに推しに籠絡されてます］（ill:カワイチハル）
椎崎 夕［きらわれもののはつこい］（ill:陵クミコ）

LYNX COLLECTION
バーズコミックス
リンクスコレクション
2023年
7/24
発売!!
●B6判
夜に啼く
過去のトラウマからただ体を
慰めるだけのワンナイトラブを
繰り返す鋒山の片想いの相手は、
美形の同僚かつライバルの甲斐で…。
牛込トラジ
●本体価格670円＋税
柚谷晴日
黒歴史となった高校時代の恨みを
作品に投影し人気漫画家となった
勇士の前にファンとして
現れたのは、
なんとその恨みの
元凶で…!?
●本体価格670円＋税
俺の
青春を返してくれっ!
◎幻冬舎および幻冬舎コミックスの刊行物は、最寄りの書店よりご注文いただくか、
幻冬舎営業局（03−5411−6222）までお問い合わせください。

バーズコミックス
ルチルコレクション
7月24日
発売
21世紀末――この100年で人口が半分以下に減り、同性同士の結婚が正式に認められるようになった日本。呪われた身だという裕福な名家の子息・史穂とお見合い結婚した宮司の息子・生依。
甘々な新婚生活を送る二人だが……!?
●B6判●本体価格740円＋税
吹山りこ
婚々糖衣譚

佐々木はスマートフォンを恨めしげに見つめる。パソコンと書類を持ってこさせようとしたが阻止され、仕方なくスマートフォンの機能のみで指示なりチェックなりをしたのだろう。社員が少ないらしいので、ある程度は仕方がないのかもしれない。

「えーと、比沙子さんは仕事が好きなんですか？」

「好きか嫌いかで言えば好きよ。正確には仕事が好きなわけではなくて、成果を出すのが好きなの。数字が上がるのが楽しいのよ」

「はぁ」

よくわからなくて生返事のようになってしまった。

「あなたは商売に向かなそうね」

「と思います」

「佳一《よしかず》もそうだったわ」

亡き息子のことを語る比沙子の声は相変わらず硬質な印象だが、わずかに寂寥《せきりょう》感が滲《にじ》んでいる。優しい母親とは言えなかったかもしれないが、きっと彼女なりに息子を愛してはいたのだろう。

それから彼女はぽつぽつと佳一の話をした。子供の頃からおとなしく穏やかで、目立つことが嫌い。どこかつかみどころがなく、勉強だろうがスポーツだろうが負けてもまったく悔しそうではなく、比沙子はそこが歯痒《はがゆ》かったらしい。

「そのくせ頑固で意外なほど行動力があるのよ」

「はは……全然変わってなかった……」

比沙子の言葉にいちいち頷けてしまった。しかも大部分は自分にも当てはまるので、瑠佳は苦笑するしかない。

事実、比沙子はじっと瑠佳を見つめて言うのだ。

「よく似ているわ。佳一みたいになにに考えているのかわからないタイプではないけれど」

「それって単純って言ってます？」

「素直で可愛《かわい》いっておっしゃってるんですよ」

「そうかなぁ……」

さすがにこれには納得出来ず首を傾《かし》げていると、軽いノックの音が聞こえた。現れたのは暁斗で、聞いていなかった瑠佳は目を丸くした。

手に花を持っているのを見て、瑠佳は自分の気のきかなさに少し凹《へこ》んだ。

「仕事が予定より早く終わったので。お加減はどうですか？」

「早く退院させろと言っているのに聞いてくれないのよ」

「働き過ぎなんですよ。任せられる部分は任せたほうがいいと思いますよ」

新たに用意された椅子に座りながら、暁斗は言い聞かせるような口調で告げた。佐々木がうんうんと頷きながら、受け取った花を生けるために洗面台に立った。

比沙子は少し間を置いてから、視線を瑠佳に向けた。

「あなたはMM《エムエム》エステートの経営を担う気はあるかしら？」

「は？」

「わたくしの跡を継ぐ気はあるかと聞いているのよ」

比沙子の顔は真剣そのもので、冗談を言っているふうではなかった。そもそも彼女は冗談を言うタイプではないだろう。

瑠佳は泡を食ってかぶりを振った。

「む……無理……！　いや、無理だしその気もない、ですっ」

自分に会社経営が出来るなんて思わないし、やりたいとも思っていない。瑠佳は逃げ腰で少しだけ身体《からだ》を後ろに倒した。

比沙子は軽く頷くだけだった。最初から返事なんてわかっていたのだろう。いまのはただの確認だったようだ。

そうして今度は暁斗に目をやる。

「あなたは？」

「僕……ですか」

「ええ。いまの仕事を続けるつもりはないんでしょう？」

「……否定はしません」

話の様子から、暁斗が比沙子にそういった話をしたわけでないことはわかった。むしろ気付かれていたことが予想外だったようだ。

「そのあたりは遠藤さんもわかってらっしゃるから、あなたが辞めると言っても反対はしないと思うわよ」

「そう……ですか。いや……伯父は気付いてるとは思ってましたけど……」

「だってあなた、うちの仕事を担当してるとき、あからさまに楽しそうなのよ。積極的に情報を提供してくるし」

弁護士としてＭＭエステートに関わるとき、暁斗がやることは主に契約書の作成やチェック、あるいは契約トラブルの解決だ。経営そのものにタッチするわけではない。だが仕事で顔をあわせる際に、地域の情報や個人的な意見を言うことがあるらしい。どこそこに大学が移転するとか、大型商業施設が出来るとかいったことを、かなり早めに把握して伝えたことがあったり、学生向けアパートに求められるポイントを挙げてみたり。比沙子としては過去にいくつか参考にし、物件を押さえたり改装したりしたことがあったようだ。

「だからうちの経営にも興味があるんだろうと思ったの」

「ああ……」

暁斗が漏らした微苦笑は肯定を意味するのだろう。彼としてはそこまであらわだったとは思っていなかったのかもしれない。

「もちろんいますぐに、というわけではないわ。タイミングというものがあるし、いろいろと折り合いをつける必要もあるでしょうし」

「そうですね」

思わぬ話の流れに瑠佳は目を瞠《みは》り、暁斗と比沙子を交互に見た。佐々木は相変わらずにこにこと笑うばかりだ。

綺麗《きれい》に生けられた花がベッドサイドに飾られた。クリーム色のバラが一気に病室を華やかにしたように思えた。

「どうかしら？　わたくしが元気なうちに来てもらえそう？」

暁斗は神妙な顔で比沙子を見つめ返した。

「前向きに考えさせていただきます」

「は？」

瑠佳の小さな呟《つぶや》きをよそに、比沙子は満足そうに頷いた。

「そう言ってくれると思っていたわ」

「いまは周辺が騒がしいので、ほとぼりが冷めたら入社したいと思います」

「え？　え？」

もの凄《すご》く重要な話がさらりとされ、あっという間にとんでもないことが決定した。すっかり置いてきぼりを食らった瑠佳だけが目を白黒させている。

後の三人があまりにも平然とした態度なので、あらかじめ決まっていたんじゃないかと思うほどだった。

「ほ……本当に？」

暁斗を見つめると、にっこりと笑みを返された。

「願ってもない話だからね」

「そっか……まぁ、そうか……」

以前聞いた将来設計——若いうちに稼いで早めにリタイアし、田舎《いなか》暮らしをしつつキャンピングカーで気ままに愛猫と旅をする——を思い出すと納得するしかなかった。一つ懸念があるとすれば、比沙子と遠藤の関係が悪くならないかだ。

「遠藤さんは……本当に大丈夫なのかな」

「わたくしが暁斗さんに会社を任せたがっていることはご存じなのよ。本音では弁護士を続けて欲しいのでしょうけど、暁斗さんの意思を尊重するでしょうね。暁斗さんもいい大人ですから。もちろん、わたくしからも、きちんとお話しさせてもらいますけど」

　肝心なのは本人の意思だという比沙子の見解に瑠佳も頷いた。

「弁護士会の広告塔を問題なく務め上げたら、十分過ぎるほどの義理は果たしたことになるんじゃないかな。きっと事務所に籍は置いたままになると思うし」

「ああ……そういうことになる、のかなぁ？」

　瑠佳には弁護士の立場に関しても遠藤という人のこともよく知らないが、暁斗が言うのならばそうなのだろう。

　どちらにしてもまだ先の話だし、瑠佳に出来ることはなにもない。きっと佐々木のようにあるがままに受け入れるのが正解なのだ。

　時計を見て、その佐々木は帰り支度を始めた。

「そろそろお暇《いとま》しますね」

「送りますよ。瑠佳くんもよかったら一緒に」

　佐々木に続き、瑠佳と暁斗も帰ることになった。そもそも面会時間も残り少なくなっている。比沙子は心なしか寂しそうだが口に出すことはしなかった。

　すました顔を見たら、つい言ってしまった。

「えっと、また明日」

比沙子はわずかに目を瞠り、それからふいと視線を逸《そ》らした。手にした本を開き、外していた眼鏡をかける。

「無理して来ることはないのよ」

「あらまぁ」

佐々木は口元に手を当てて笑うだけで、いつものような通訳はしなかった。けれども瑠佳にはわかってしまった。

「無理してないんで、来ます」

にっこり笑い、病室を後にした。


比沙子の退院は土曜日の午前中だった。

暁斗の車で迎えにいき、そこで比沙子と佐々木を乗せて本宮家へ戻ることになっていた。瑠佳は初めて父佳一の生家へ足を踏み入れるのだ。

モカと乃愛は暁斗のマンションで留守番中だが、数時間のことなので問題はない。病院内まで迎えにいったのは瑠佳だけで、暁斗は駐車場に停《と》めた車内で待っていたので騒ぎになることもなかった。

病院から二十分ほど車で走った、住宅街の一角に本宮家はある。

「うわ……」

高い塀と門に囲まれた広い庭付きの洋風二階建ては、豪邸といって差し支えないものだった。白い壁と大きく取った窓が印象的で、特徴的な建物ではあるが奇抜というわけでもなかった。モダン建築というものらしい。

玄関ホールも広く、吹き抜けなので天井も高い。緩やかにかけられた階段がカーブを描いていて、まるで映画かドラマでも見ているようだった。しかも広過ぎるホールには真っ白なグランドピアノまである。

「母がよくあのピアノを弾いていていたんだよ」

「あ、そういえばピアニストだっけ」

家族ぐるみの付き合いだったことも聞いていたので、なるほどと納得した。

暁斗の母親は写真と動画で見たことがあった。ピアニストとして演奏している映像などが残っているのだ。オペラ歌手だった父親も同様に、久賀暁斗の両親ということで注目を集め、最近急激に動画の数が増えたのだった。

ふかふかのスリッパを出され、とりあえず靴を脱ぐスタイルなことにほっとしながら上がる。比沙子と佐々木は室内履きのようなものを履いていた。

落ち着かないほど広いリビングで待っていると、佐々木がお茶を入れてきてくれた。

リビングとダイニングは別で、それ以外に部屋は七つあるらしい。佐々木一人では到底維持出来ないので、掃除や洗濯のためにハウスキーパーもいるし、庭師も定期的に入るという。

それはそうだろうなと思った。どう考えても一人暮らしをする家ではないし、一人で維持出来る家でもない。

「ここで一人って寂しくないですか？」

「寂しくはないけれど、持て余してはいるわね」

「ですよね。でも父がいたときだって部屋余りまくってましたよね？」

「客間が三つもあるのよ。夫はお客さまを招くのが好きで、いろいろこだわってしまって」

どこか懐かしそうな様子の比沙子を見て、ふと瑠佳は思い出した。

瑠佳にとって祖父に当たる人物は佳一が高校生のときに亡くなったというが、比沙子が頑《かたく》なになったのはそれからだと言っていた。もともと厳しい人ではあったものの、佳一の素行に目を光らせ、進路に口出しするようになったのは祖父の死後だったと。

比沙子は父親の代わりもしなくては、というプレッシャーを感じていたのだろうか。本宮の家に誇りがあり、だから息子の結婚相手にも妥協を許さなかったのか。

もしも瑠佳の母との結婚を認めていたら、いまごろどうなっていたのだろう。考えても仕方がないことが、つい頭をよぎってしまった。

「広過ぎるから、新しく建てているマンションに移るつもりよ」

比沙子の声に、瑠佳は意識を目の前のことに戻した。

マンションに移るということは、この家はどうなるのか。瑠佳としては思い出などないけれど、父親が生まれ育った家だと思うと、なくなるのは寂しく感じてしまう。

「ここはどうするんですか？」

「貸すことになるわね。代々の土地だし、手放すつもりはないわ」

思わずほっと息をついてしまった。今日初めて来た瑠佳がなにか言える立場ではないが、それでも嬉《うれ》しかった。

お茶を飲んだ後、佐々木がかつて佳一の部屋だったところを案内してくれるという。すべてがそのままではないが、使っていた家具の一部は残されているらしい。

「それでね、建設中のマンションにはあなたの部屋も作るから気に入ったら住みなさい」

唐突過ぎて、瑠佳は口を半開きにしたまま比沙子を見つめ返した。

「……はい？」

「ペット可で、セキュリティーも設備もいまより格段にいいわ。広いし」

「ちなみに僕も引っ越す予定で、一部屋確保してもらってるよ」

「え、ええ……？」

恋人と祖母と同じマンションに住むというのは一体どういう状況なのか。そもそもまだ住むとは言っていないのだが、比沙子の言い方はもう決定事項のようだ。

ええー、と困惑の声を上げると、佐々木が楽しそうに笑った。

「完成は来年末でしたっけ」

「予定通りならね」

「一年なんてあっという間ですよ。楽しみですねぇ」

コロコロと佐々木が笑うリビングはとても和やかな雰囲気で、引っ越しません、とはなかなか言えない空気だ。

ここで断りの言葉を口に出来るほどの胆力は瑠佳になかった。家賃を理由に断ることも考えたが、そんなことは織り込みずみだろうから、きっとそれはもうクリアされているのだろう。知識も経験も足りない瑠佳には太刀打ち出来ない分野なのだ。

黙ってお茶を飲んでいると、そういえばと比沙子が暁斗を見た。

「ところであなた、いつまであのテレビに出るの？」

「ああ……それなんですけどね。もう少し延長ということになりまして」

「今年いっぱいと聞いていたのだけど？」

比沙子は柳眉をひそめ、まるで咎《とが》めるような口ぶりになった。彼女は暁斗のテレビ出演に対していろいろと思うところがあるらしい。遠藤の立場も考えも理解しているので、苦言を呈することはしていないようだが。

「当初の話ではそうだったんですが……」

暁斗は少し困ったような顔をした。事情はすでに瑠佳も聞かされていて、二人して溜め息をついたものだった。だが転職のための「実績アピール」には都合がいいかと呑んだのだ。

「それがですね、あの局で来年弁護士もののドラマを制作することになりまして。そのモデルが僕だということで、それが始まるまではいて欲しい、と」

「そんなものは向こうの勝手でしょうに」

「こちらの協会が全面協力することになったそうで」

「どこまで暁斗さんにイメージ回復とやらを担わせるつもりなのかしらね」

比沙子の言葉には同意しかなく、瑠佳は黙ってうんうんと頷いた。

「でも楽しみですねぇ。主演俳優は決まってるんですか？」

実はテレビ好きだという佐々木が声を弾ませている。彼女は特にドラマ——それも警察や探偵などが主人公の推理もの、弁護士や検事もの、あるいは医療ものといったジャンルが好きらしい。とても意外だ。

「それはお楽しみということで。週明けに発表されるそうですよ」

「まぁ、誰かしら」

　楽しげな佐々木とは逆に、比沙子はまったく興味がなさそうだったし、むしろ呆《あき》れているようにも見えた。非常に彼女らしかった。

　キャスティングはすでに決まっているそうだが、瑠佳もそれは聞いていない。ドラマ制作自体は昨日あたりから噂《うわさ》が流れているのだが詳細は伏せられており、暁斗も詳しいことは口にしなかった。瑠佳も尋ねてはいない。

　興味がないわけではないが、暁斗を困らせてまで聞きたいことではない。どうせ近日中にわかることなのだ。

　ただし裏話については教えてくれた。暁斗を引き留めるために、テレビ局側がギャランティーに色をつけてくれたそうだ。

（一年長引いちゃうんだよなぁ……）

　当分暁斗の周辺が静かになることはなさそうだ。それが少しだけ不満で、瑠佳はこっそりと溜め息をつきながらお茶を飲んだ。

街中がクリスマスカラーに彩られるのはどうなんだろうと、この季節が来るたびに瑠佳は思う。

大小様々なツリーがあちこちに飾られ、いろいろなところでサンタクロースやトナカイ、あるいは雪の結晶といった、クリスマスに関する飾り付けをされ、関連ソングが流される。ケーキは飛ぶように売れ、チキンを買うために人が並ぶ。

日本におけるクリスチャン人口は一パーセントほどだと言われているのに。

「チキンじゃなくて本当はターキーですよね」

七面鳥の取り扱いは少ないので仕方ないのだろうが、フライドチキンがクリスマスの食卓の主役扱いになっているのはどうなんだろうか。

瑠佳は食卓に並んだ料理を前に、うーんと唸《うな》った。

とりあえずここにフライドチキンもクリスマスケーキもない。普段の夕食よりは豪華な料理が並んでいるだけだ。

シーザーサラダに真鯛《まだい》のカルパッチョ、黒毛和牛のローストビーフにパエリア、デザートはチーズのタルト。

サラダ以外は予約してテイクアウトしたものだが、多少のアレンジは忘れていない。盛りつけ時に一手間するだけでもずいぶんと違うのだ。

「そういうものだって理解はしてるけど、昔はクリスマスが来るたびに違和感がひどかったなぁ」

「ああ、君のお母さんがクリスチャンだったね」

「はい。クリスマスは教会で礼拝に参加するのが当たり前だったんで」

　懐かしむ瑠佳の足下では先ほどからモカと乃愛がじゃれあっている。乃愛は自分のことを犬だと思っている節があり、気がついたらお手と待てを覚えていた。毎日モカといるせいかもしれない。真っ黒でふわふわの前足で、てしっとお手をする姿は悶絶《もんぜつ》するほどに可愛く、思わずビデオ撮影して病院で見せびらかしてしまったほどだ。

　ちらっと足下に目をやると、ようやく落ち着いたのかテーブルの真下で二匹は丸くなっていた。

「でも瑠佳くんはクリスチャンじゃないんだよね？」

「あ、はい。そこは自分の意思に任せるって感じで、父にも俺にも押しつけたりはしなかったです。母は毎週教会に行ってたけど、俺と父はクリスマスに行くくらい。それもなんていうか、家族行事みたいな感覚だったんですよね。いつも劇とかあったし、お菓子くれたりするから楽しくて。でも中学に入ってからは、俺は行かなくなっちゃって……」

　ちょうど親と行動するのが恥ずかしくなった時期だったので、自分は留守番がいいと主張したのだ。

思春期にありがちな言動だったなと、振り返ると少し照れくさくなる。

「反抗期らしい反抗期はなかったと思うんだけど……」

「僕はあったよ」

「え？　想像出来ない……」

暁斗は生まれてから現在まで、ずっと穏やかな好青年といったイメージがある。それだけじゃないことはもう知っているが。

「反抗期といっても、会話をあまりしなかったり目をあわせなかったり……って程度なんだけどね。僕の両親は家にいる時間が圧倒的に少なかったから、会ったときになにを話したらいいのかわからなくなっていたというのもあるかな」

暁斗の両親は音楽家で、拠点を海外に置いていた。そして彼らの興味はお互いと音楽に向けられていて、息子の優先順位が低かったことは周知の事実だったそうだ。

「ネグレクトっていうわけじゃないんだけど、人任せではあったかな。だから伯父も比沙子さんも、余計に僕を気にしてくれたんだよ。千枝《ちえ》さんもね」

暁斗は幼少期は主に祖父母に育てられたらしい。小学校に上がるまでは父方の祖父母の元――ドイツで過ごし、以降は日本《にほん》で母方の伯父の家に預けられた。

暁斗が伯父である遠藤の希望に添った進路に進んだのは、そのあたりの恩があったからだった。

「音楽の道は考えなかったんですか？」

「いくつか習わされたんだけど、あまり興味が持てなくてね。両親も無理にとは言わなかったから、才能がないことにすぐ気付いたんじゃないかな」

「なにか楽器出来るんですか？」

「どうかな。身体が覚えてるってほど、やらなかったし……多分、無理じゃないかな。あ、なんだかつまらない話をしてしまったね。食べようか」

「あ……はい」

ワインを満たしたグラスをそれぞれ手にしたが、特に乾杯することもないのでそのまま口にする。少し甘めのワインは瑠佳の好みだった。

思えば去年もこうして一緒にクリスマスの夜を過ごした。なんてことのない普通の居酒屋だったから、今年よりもさらにクリスマス感はなかったが、店内に流れる音楽だけがクリスマスムードで違和感が大きかったことを覚えている。

「ところで国家試験は大丈夫そう？」

「えーと、多分」

昔から瑠佳は試験のたぐいにめっぽう強く、緊張したこともなければ不安に感じたこともないのだ。むしろ実力以上が出るタイプだった。なぜかは自分でもわからないが、とりあえず試験という試験でいい結果を残してきたのは事実だ。

「テストって昔から好きなんです」

「そうなの？」

「解答欄埋め終わったら、後はフリーじゃないですか。授業受けてるより楽だし、好きなだけぼーっと出来るし。これ終わったらなにしようかなーって考えたりするの楽しくて」

緊張感と緩い雰囲気が入り交じった独特の空気も好きだった。

「じゃあ無事に国家試験が終わったら、どこかへ旅行しようか。キャンピングカーを借りて、モカたちも連れてね」

「行きたいです……！　予行練習ですね」

瑠佳は目を輝かせ、思わず身を乗り出した。

将来的にそういう旅をしたいという話は聞いていたが、まずはレンタルで経験してみたほうがいい。幸いペット可のレンタルキャンピングカーもあるというので瑠佳たちにはうってつけだ。

「旅行のついでに比沙子さんの会社の用事入れてもいいですよ。一応仕事っぽいこともしたほうがいいような気もするし」

ただ役員の報酬を受け取るのは気が引ける。別荘の見まわりを一つ二つしたところで報酬にはまったく見合わないと思うがしないよりはマシだろう。

「でもそれだとお祝いにならないだろ？」

「気にしないです。それより乃愛用のハーネス買わなきゃ」

俄《が》然《ぜん》春が楽しみになってきた。これから国家試験までは少しばかり窮屈な気分を味わうだろうが、それを抜けた先のご褒美を思って頑張ろうと思えた。

主に春の旅行の計画で盛り上がり、ワインと料理を楽しんでいた瑠佳はすっかりあることを忘れてしまっていた。

以前、瑠佳は言った。冬休みなら……と。

ゆっくりと恋人関係を進めたいという希望に、暁斗は快く――かどうかはともかく――同意し、なにも言わずに待ってくれたことを。

暁斗は今日という日を迎えるに当たり、「クリスマスの夜に抱くから」なんてことは言わなかった。だから瑠佳としては、ただクリスマスの夜に少し豪勢な食事をする、という認識だった。

食後にソファで、残ったワインを飲みながら話していて、ふといい雰囲気になった。自然とキスをして、そのままそっと押し倒されて――ようやく思い出したのだ。

「あ……」

目が泳いで、視線が定まらない。小さく声を上げたまま口を半開きにして、なにも言えずにオロオロとするばかりだ。

くすり、と笑う気配が落ちた。

「ベタだけどイブに……みたいなことを言うのは無粋かと思ってたんだけど、意思確認が必要だったのかな？」

「あ、あのっ……ええと、そ……そう、シャワー！　シャワー浴びさせてください！」

「一緒に入る？」

「そっ、それはハードル高すぎ……」

出来れば一人で覚悟を決めたい。いや、時間は何ヵ月もあったのでいまさらだが、瑠佳は暢気《のんき》にも中高生のようなお付き合いに満足してしまって覚悟というものを忘れていた。

もう一度小さく笑って暁斗は瑠佳を送り出した。

逃げるようにしてリビングを後にし、トイレを経由して過去に何度か使った風呂に入った。頭のなかは騒がしかったが、なんとか手は動かす。髪を洗い全身も念入りに洗い上げ、気持ちを落ち着かせるためにあえてバスタブに浸《つ》かる。

以前インターネットで調べたことがあるので、大体のことは頭にあった。だから大丈夫なはずだ。準備というほどじゃないが、なんとか出来るだろう。

のぼせる寸前で上がり、迷った末にパジャマの上だけを身に着けた。膝近くまで丈があり、三重ガーゼがとても気持ちいいのだ。

ドライヤーで髪の水分を飛ばしていると、洗面所に暁斗がやってきた。鏡越しに目があい、どきっと心臓が跳ね上がった。

「向こうで待ってて。僕も入ってから行くよ」

「あ……はい」

「モカと乃愛はケージに入れたからね」

泊まるとき、夜はいつもそうしている。フリーにしておくと夜中に二匹で盛り上がって走りまわったりいたずらをしたりすることがあるからだ。

瑠佳は頷いて洗面所を出た。

待つ場所は寝室になるのだろう。指定はされていないが普通に考えてそうだ。

ベッドサイドにはペットボトルの水が用意されていた。その水を飲みながら座って待っていると、十分もしないうちに暁斗が来た。

瑠佳とは逆に、パジャマの下だけという格好だ。

まじまじと暁斗の肉体を見るのは初めてだった。これまで何度か風呂上がりや着替えに出くわしたことはあったが、なんとなく目を逸らしてきたからだ。

（腹筋……！　うわ、ちょっ……わかってたけど！　わかってたけど、イイ身体過ぎる……！）

ムキムキのマッチョではないが、筋肉質の美しい肉体だ。着瘦《や》せするタイプなのは確かで、しっかりと必要な筋肉がついている。

うっすらと腹筋が浮く程度の、ただ脂肪が薄いだけの瑠佳とは大違いだった。

「緊張してる？」

そう言う暁斗が余裕たっぷりに見えて、瑠佳は少し面白くなかった。経験値の向こうに垣間見《かいまみ》えた誰とも知れない人たちに嫉妬してしまう。

黙っていると、暁斗もなにも言わず抱きしめてきた。触れあって初めて、緊張しているのは自分だけじゃないと気がついた。

なんだかちょっと嬉しくなる。暁斗にとってもそれだけのことなのだと明かしてくれたようで、こわばっていた頰《ほお》が緩んだ。

「暁斗さん……」

「怖がらないで。僕に任せてくれる？」

「……はい」

そうだ、なにも恐れることはない。暁斗にならばすべてを明け渡してもかまわないし、大丈夫だと知っている。

そっと力を抜いて身を任せ、ベッドに横たえられた。

キスによって唇を塞がれ、その深さにだんだんと頭のなかが霞《かす》んで、残っていた身体のこわばりも溶けていく。

　きっちりと留めたボタンが外され、大きく開かれる。

　恥ずかしいという気持ちになる余裕はなく、瑠佳はただキスに夢中になっていた。

　暁斗にされるキスは気持ちよくて好きだ。この数ヵ月のあいだ何度もしたことだけれど、ここまで長く執拗《しつよう》に貪られたのは初めてだった。

「ん……」

　鼻にかかった声が甘くなり、指先に力が入らなくなっていく。

　その頃になってようやく暁斗が唇を離し、瑠佳の身体のあちこちにキスを落とした。首や肩口は軽く触れるだけ、だが胸の周辺は打って変わって強く吸い、あるいは痛くない程度に歯を立てる。

　そのあいだも手は身体のラインを確かめるようにして肌の上を滑っていたが、やがて口で弄《いじ》っているのとは反対側の胸に辿《たど》り着き、乳首をやわやわと揉《も》み出した。

　くすぐったさが別のものに変わるのに、そう時間はかからなかった。

「う、んっ」

　甘い痺《しび》れがじんわりと肌を伝い、指先まで震わせる。一度気持ちいいと思ったら、それは何度も波のように押し寄せてきた。

　弄られた乳首は硬く立ち上がり、些細《ささい》な刺激にも反応してしまう。そこに軽く歯を立てられたとき、瑠佳はびくっと大きく身体を跳ね上げてしまった。

「ぁ……っん」

薄い皮膚は軽く吸っただけでも紅《あか》く変化し、すでに胸元にはくちづけの痕《あと》が散らばっている。

舌先が尖《とが》った乳首を転がすように舐《な》め、指先は下へと辿って瑠佳の中心で戯れ始めた。くすぐるように撫《な》でられ、小さく声を上げた。

触れ方は徐々に大胆になり、熱が溜まっていくのがわかった。吐息に近かったものが掠《かす》れた喘《あえ》ぎ声になり、息が上がっていく。

人に触れられることなど初めての身体は、たちまち追い詰められて弾《はじ》けそうになる。けれど頂に登る寸前に、すっと暁斗は手を放してしまった。

「え……」

「ゆっくり、ね。そうじゃないと、瑠佳くんはすぐバテちゃいそうだから」

どういうことだろうと潤んだ目で見つめると、暁斗は「可愛い」と呟いてふたたび唇を塞いできた。

絡みついた舌からまたじんわりと熱が広がっていく。

暁斗の大きな手が腿《もも》から膝までを滑り、肌の感触を確かめるようにして内腿を撫で上げる。くすぐったさに身を捩《よじ》ろうとすると、軽く体重をかけて押さえ込まれた。

優しいけれど、強引なところもあるのだと知った。

「どうしても無理だったら言ってね」

クリームで濡《ぬ》らした指が、十分に予告をした後でそうっと入り込んできた。

知識としてそこを使うことは知っていたが、実際に指が入ってくると無意識に力が入ってしまい、困惑に視線が泳ぐ。

痛くはなかった。けれども人の指が――暁斗の美しい指が自身のあんな場所に出入りしているのかと思うと羞恥心で気が遠くなりそうになる。

半泣きになりながらも必死で身を任せていると、指を増やされてさらになかを弄られた。

擦《こす》られているところが熱くて、けれどもそれだけじゃない変な感覚がある。もどかしさに似たそれに、なぜか自然と腰が揺れていた。

内側を探るように指が動き、あるいは広げるようにして前後に動く。途中あからさまに違う感触を覚えたけれど、瑠佳が腰を跳ねさせると深追いすることなく離れていった。

「あ、あ……っ」

息とも声ともつかないものに混じり、ぐちゅぐちゅという濡れた淫猥《いんわい》な音が聞こえてくる。

かすかに気持ちがよくて、どこかじれったい。それを口に出すことも出来ずに身もだえていると、不意にすべての指が引き抜かれていった。

一瞬ひやりとした空気が入ってきた気がした。

「大丈夫だから力を抜いてね」

宥《なだ》めるように言われ、腰を高く浮かされる。濡れそぼった場所に当てられたのは圧倒的な質量を持ったもので、思わずひっとたじろいでしまった。

もう一度、今度は耳元で「大丈夫」だと囁《ささや》かれ、耳朶《じだ》を噛《か》まれた。

あっ、と思う間もなく、暁斗のものの先の部分が入り込んだ。

「は……ぁっ、あ、あ……」

ぎちぎちに開かされたところが少しだけ痛み、それ以上の異物感にめまいがした。怖いのに嬉しくて、よくわからないまま両手で暁斗の背中にしがみつく。

気がついたらぽろっと涙をこぼしていた。

指先で涙をぬぐわれてそっと目を開けると、こちらを見つめていた暁斗と目があった。熱と欲を孕《はら》んだ目はひどく色っぽくて、心臓を鷲《わし》づかみにされたようにときめいた。

直視出来なくて目を逸らした。

自分はいま、とんでもない格好をしている。ほぼ全裸で、つぶれたカエルみたいになっていて、涙とか汗とかでぐちゃぐちゃで。

とてもじゃないがこんなに美しくて艶っぽい人に見られていい状態じゃないだろう。

「み……見ないで……」

「どうして？　こんなに可愛くて、色っぽいのに」

「いっ……」

そんなはずはないと首を横に振った。本気だとしても絶対に惚《ほ》れた欲目というものだ。

なのに暁斗はうっとりとした様子で瑠佳の頬を撫で、音を立てて何度も何度も顔中にキスをしてきた。

「だから、一回じゃ終わらせてあげられないかもしれない。いい？」

なんでもいいから、と瑠佳は頷いた。意味はわかったけれど、具体的にそれがどう自分にダメージを与えるか……は、あまりよくわかっていなかった。

暁斗はそれからすぐに動き始めた。

だが自らの快楽を追うのは後まわしで、まずは瑠佳の快感を引き出そうとゆっくり押し込んでは深く引くといったことを繰り返した。

痛みを感じないとわかると、今度は浅い場所を突き上げる。

「ぁあっ……！　やっ、だ……や、あっ、ぁ……！」

さっき一瞬だけかすめたところが狙われて、瑠佳は仰《の》け反《ぞ》りながらがくがくと背を揺らした。なんだかよくわからないまま大きなもので責められて、ひんひん泣きながら両手でしがみつくことしか出来なかった。

あからさまな反応を見て、暁斗は嬉しそうに小さく笑った。

「気持ちいい？」

「やぁっ、だ、め……ぇっ」

蕩《とろ》けそうな顔と声で言ったところで説得力などありはしない。ますます責め立てられ、今度は深く何度も突き上げられて、瑠佳はあっけなくいってしまった。

がくがくと腰から太腿あたりが震えて止まらない。するっと撫でられただけで、恥ずかしい声が出るほど身体は敏感になっていた。

「ごめん、もう少しね」

収まりきっていない熱をもう一度呼び覚まされ、瑠佳はあんあん言いながら暁斗の背に爪を立てた。

そうしてようやく暁斗が達するのと同時にふたたびの絶頂を迎え、精も根も尽き果てたというように両手をシーツにぱたりと落とした。

それが初めての夜の、一度目の経験だった。

あれから細かいことも大きなこともいろいろあったが、特に問題もなく瑠佳は社会人一年目を過ごしていた。

国家試験をクリアし、無事に獣医師の資格を得、内定が決まっていたクリニックに勤め始めた。暁斗との初めての旅行はキャンピングカーを使ったもので、瑠佳は初めてアウトドアを経験した。

勤め先のクリニックはペットを連れての出勤も許可されていて、以前と同じくモカを連れていっている。三十分近く乗るバスは大抵座れるので、抱えられているモカもストレスはないようだった。

「あ、おはようございます。本宮先生」

「おはようございます」

先生と呼ばれることにはまだ慣れないが、新しい環境にはすっかり馴染《なじ》んだ。半年も働いていれば当然だ。

勤め先のクリニックは大手製薬会社の傘下にある動物用の医薬品メーカーが母体であり、トリミングサロンとペットホテル、そしてショップが併設されていた。生体販売はしておらず、代わりに保護犬猫の譲渡会を定期的に行っている。ショッピングモールが近いので、買いものの際に短時間預けていく人もいるようだ。この短時間サービスは「犬猫保育園」と呼ばれ、それなりに流行《はや》っている。

「あの、お預かりしてる子が元気ないそうです。ちゃんとご飯は食べるし、多分寂しいだけだとは思うんですけど、念のために診てもらっていいですか？」

「わかりました」

モカを連れたまま、併設のペットホテルに向かう。ショップとのあいだにサロンとホテルが並ぶというレイアウトだ。

飼い主が旅行のために預けていったトイプードルは、なるほど確かにケージの隅にうずくまっていた。瑠佳が覗き込むと、チラッと目を向けてすぐにまた石みたいになってしまう。

まるで「おまえじゃない」とでも言いたげだった。

モカをサークルのなかに入れ、トイプードルをケージから出して一通り診たが、特に問題はないように思えた。

要するに飼い主と離れて寂しい、あるいは拗《す》ねているというところだろう。クリニックで今年の三月に受けた健康診断でも数値はすべてよく、所見も良好だった。

大きめのサークルにはモカ以外に、やはり預けられているパグがいる。隣のショッピングモールに勤めている人が毎日預けていく子だ。

「問題はないと思いますけど、後でほかの先生にも診てもらってくださいね」

クリニックに戻り、予約患者のカルテを確認しながら来院を待つ。基本的に予約制なので、慌ただしさはあまりない職場だ。急患も入るが、そちらはもっとキャリアがある獣医師が受け持ち、瑠佳は補助をするのみだ。

ちなみに佐々木は相変わらず付属病院に猫たちを連れていっていた。瑠佳にあわせて転院するのは猫のためにもしなかった。

それでも会う機会は結構あった。定期的に食事の差し入れをしてくれるからだ。最初は遠慮したのだが、いつもより多めに作って分けているだけと言って押し切られた。

祖母との関係は劇的に変わったわけではないが、佐々木の通訳なしでも意図が汲《く》み取れるようにはなっている。会うのは月に二度くらいでモカを連れて家に行っていた。

意外なことに比沙子はモカを可愛がっている。彼女は自分でペットを飼う気はないというが、犬も猫も好きらしい。意外だった。

一日の仕事を終えると、開放感でいっぱいになる。特に週末ともなればなおさらだ。

「やっぱ学生のときとは違うよねーモカ」

毎日のように付属病院に行っていたが、学生と獣医師とではまったく違う。責任が伴うのだから当然だが。

瑠佳はアパートへは帰らず、まっすぐに暁斗が住むマンションへ来た。そして一階の商業エリアから地下駐車場へと下りる。エレベータを待つのも面倒なので階段だ。

暁斗の車を遠目に見ながら、少し離れた場所に置いてあるスペースへ行き、停めてあるキャンピングカーに乗り込む。

買って半年ほどのこの車はＭＭエステート名義で、駐車場も会社のスペースだ。

春の旅行の際に暁斗が祖母に計画を話したところ、先のことを見越して購入してしまえ、となったらしい。実際、瑠佳たちの旅行はついでに会社名義の別荘などの点検もするので、筋が通っているといえば通っている。

着替えなどはすでに運び込まれているので、後は暁斗と乃愛を待つばかりだ。

冷蔵庫にしまわれた食材を見ていると、乃愛を連れて暁斗が乗り込んできた。

「あ、お疲れさま。今日は早かったんだね。乃愛もよろしくね」

一年前と違うことの一つが、暁斗に対する口調の変化だ。恋人なのだからと押し切られ、敬語を使うのをやめたのだ。

瑠佳は暁斗からキャリーバッグを受け取り、ドアが閉まったのを確認してから乃愛を出した。すでに乃愛はハーネスを装着していた。移動をするので、念には念を入れて着けているのだ。

早く上がったので買いものはすませておく、というメッセージが暁斗から入ったのは一時間ほど前だった。そうして仕事帰りに食材を買い込んで冷蔵庫に入れておいてくれた。

今回は二人とも有給休暇を使い、四日間の旅行となる。とはいえ今日は移動のみで、目的地に着いたら寝るだけだ。

七度目ともなると慣れたものだった。那須《なす》に伊豆高原《いずこうげん》、軽井沢《かるいざわ》に箱根《はこね》と出かけてきたが、今回は半年ぶりに、春にも行った別荘に寄りつつの旅行だ。

ちなみに各別荘は月に一度の点検を外部委託している。その上で社内の人間が年に二度ほどのチェックを入れるという形だった。瑠佳が社内の人間かと言われたら微妙なところだが。

「よし、行こうか。頑張って」

暁斗に激励されながら瑠佳は運転席に座り、エンジンをかけた。暁斗は外から見えない位置に座り、こちらを見守っている。モカと乃愛はケージに入れた後、固定した。

彼らは移動が苦にならないタイプで、車酔いもしなければ場所が変わることにストレス反応もまったく見せない。どこへ行っても「ずっとここで暮らしてましたけど？」みたいな顔をして、元気に餌《えさ》を食べて排泄《はいせつ》し、遊んで眠るのだ。

「行きます」

慎重にハンドルを動かしながら駐車場から出て、そのまま近くのホームセンターまで五百メートルほど走らせる。そこの立体駐車場に入り、エンジンをかけたまま運転手を交代した。

思わずほっと息が漏れた。

「やっぱり怖い……無理」

「上手だったよ」

「ぶつけないでよかった……」

一度外に出て若葉マークを外し、念のために周囲を見まわす。どうやら追跡してきている者はいないようだった。

国家試験の後に一応運転免許証は取ったものの、この手の大きな車を動かす自信はなくてほとんどハンドルを握っていない。運転するのはいまのように、マンションを出るときだけだ。これは暁斗が週刊誌などに写真を撮られないようにするためだった。いまのところ目をつけられている様子はなかった。

さすがに一年前と比べたら暁斗の周辺は静かなものだったが、ドラマが始まるせいでまた少し盛り上がってしまい、先日も取材の申し込みがあったという。仕事で出歩いているときにも話しかけられたり遠巻きに黄色い声を上げられたりすることはまだあるそうなので、瑠佳と行動するときは念のために警戒しているのだ。

運転席に座った暁斗は帽子と眼鏡で一応の変装をしているが、すっかり暗いのでしなくても問題はないだろう。

「暁斗さん、晩ご飯どうする？　ちょっと買い忘れがあったから行ってくるけど、ついでになにか仕入れてくる？」

「どこか途中で買おうかな。瑠佳くんに頼むことになっちゃうけど」

「それは全然。あ、ちょっと行ってくるね」

瑠佳が店で買いものをして戻ると、すぐに再出発となった。まっすぐに高速道路の入り口を目指し、向かう先は千葉《ちば》にある貸別荘だ。この週末は予約が入っていないが、瑠佳たちはそこに泊まるわけではなく、あくまで点検のために行く。敷地内に車を停め、ボイラーなどを動かすついでに風呂を使わせてもらう許可は得ているが。

「うーんと、やきとり丼みたいなのと、シュウマイのお弁当と、天丼か海鮮丼……後はパン系になっちゃうかな」

「サンドイッチがいいな。それとコーヒーで十分」

「了解」

「いつもごめんね」

「全然。行ってきまーす」

一緒に買いものをするのが理想ではあるが、暁斗を人目にさらしたくないというのも本音だ。だからこれくらいはなんでもなかった。

夜だというのにパーキングエリアには人が多く、フードコートも売店もそれなりに混んでいた。その横を抜け、目的のものを買う。

戻る途中で、突然キャン！　という犬の悲鳴が聞こえた。続いて聞こえたのは女性の叫び声だ。

「マリンちゃん！」

慌てて近づいていくと、どうやら白いポメラニアンが別の犬に噛まれたらしいとわかった。同じ犬種を連れた男性が動揺しながらも謝っていた。どうやら初対面でじゃれあっているうちに、興奮した片方がガブッとやってしまったようだ。

相手のポメラニアンはモカと同じ色で、身体が小さかった。様子から見ても一歳になっていないだろう。

噛まれた犬の飼い主もオロオロし、痛がる愛犬を抱きしめたまま一歩も動かない。

白い毛は血で汚れてしまっていた。大きな傷ではなさそうだが、あのままでは可哀想《かわいそう》だ。

「あの……一応獣医師なんですが、差し支えなければ傷を診させてもらっても？」

「え？　あ……お、お願いします！」

途方に暮れていたらしい女性は、瑠佳の申し出を疑うことなく頷き、明るいところまで移動した。

噛んだほうの飼い主が心配そうについてくる。自販機で水を買ったのは傷を洗い流すためだ。水道水で十分とはいえ飼い主は女性なので、一緒にトイレに入るわけにもいくまいとミネラルウォーターにした。探せばどこかに水道はあるはずだが暗くてわからなかった。

傷を確かめると、確かに噛み傷があった。縫うかどうかは微妙なところで、これは担当した医者の判断によるところだろう。

とりあえず水で傷口を洗い、持ち歩いている救急キット――消毒綿や滅菌ガーゼ、サージカルテープなどが入っている――で応急処置をした。出血はガーゼで押さえているうちに収まってきたが完全に止まったとは言いがたい。

ちなみに車にはもっといろいろなものが積んであるが、瑠佳はもう手を出さないほうがいいだろう。

「震えてるのは噛まれたショックだと思いますが、病院できちんと診てもらってくださいね」

「ありがとうございます。えっと、先生……はどちらの病院ですか？　近いですか？」

「いえ、ここからだと一時間以上……えっと、一応名刺お渡ししますね」

春に作ってもらった名刺には病院名と名前のほかに小さな写真まで印刷されている。裏には系列の会社やサービスがずらりと入った宣伝仕様だ。

「あ、家からだとそんなに遠くない」

「すみません。うちは夜間診療をしていないので、してるところへ行かれたほうがいいと思います」

「でしたらあの、高速下りてわりとすぐのところに救急の動物病院があるんで！　あの、うちも行っているところなんで、もちろん治療費は出しますから……！」

噛んでしまった犬の飼い主の勧めに従うことにしたらしく、女性は大きく頷いた。

「お願いします。あの、ありがとうございました」

「いいえ。お大事に」

　連れだって去っていく二人と二匹を見送り、瑠佳は洗面所で手を洗った。少しついてしまった血を流しながら、少しは役に立てたことにほっとした。消毒や止血といったことよりも、飼い主を安心させられたことが大きかったように思う。

　昔から瑠佳の家族は小鳥や小動物を飼っていて、飼ったペットの数だけ別れも経験した。なかには後悔するような別れもあった。もっと早く気付いていれば、あるいはその場でなにか出来ていれば、と思ったこともあった。

　瑠佳が獣医師を目指したのは、その後悔が理由だった。そうして実際に現場に立つうちに、ペットだけでなく飼い主にもケアが必要だと実感したのだ。

（うん……少しは役に立てたかもしれない）

　小さく頷いて、瑠佳は急いで暁斗たちが待つ車に戻った。

「遅くなってごめん」

「どうしたの？」

　さすがに遅いことを心配し、暁斗は瑠佳が車に近づいたあたりで内側からドアを開けた。

「ポメが噛まれちゃってたから、応急手当してたんだ。小さい傷だったけどね」

「ああ、モカと同じ犬種だね」

「真っ白な子だったよ」

暁斗は目を細め、黙って頭を撫でてきた。

少し恥ずかしくも嬉しくて、瑠佳は小さく笑みをこぼした。

そのままパーキングエリアの車内で夕食を取り、そこからは休みなしで目的地まで一時間以上車を走らせた。

明かりも人の気配も少なく、一人だったら絶対に走りたくないような道を抜け、木々に囲まれた場所へ到着した。

レンタルコテージと銘打った三棟の家は、デザインと部屋数が一棟ずつ違い、カップル用とファミリー用が用意されている。各棟にはそれぞれ庭があり、フェンスと植栽での仕切りがある。大声を出せば聞こえてしまうが、それなりにプライバシーへの配慮がなされていた。

暁斗は手前の棟に車を停めた。カップル用の一番小さなところだった。

「とりあえず風呂に入ろうか」

「だね」

キャンピングカーにもシャワー設備はあるのだが、実は一度も使ったことがない。これまでの行き先は風呂があるところばかりだったためだ。

ペットたちを車に置いて真っ暗な家に入り、風呂の用意をする。沸くあいだに屋内の設備のチェックをした。外とほかの棟は、明日の朝に行うことになっていた。

給湯器は問題なく動き、すぐに湯が張れた。暁斗は瑠佳へ先に入るように言い、車に戻っていった。二匹の様子を見るという。

風呂は少しばかり広いものの普通のユニットバスだ。持ってきたシャンプーやらボディソープで全身を洗い終えた頃、コンコンとバスルームの扉がノックされ、返事をする前に暁斗が入ってきた。いいタイミングだ。瑠佳は逃げるようにしてバスタブに身を沈めた。

初めて身体を繋《つな》いでから結構たち、一緒に風呂に入った回数もそれなりになった。けれどもそれは事後がほとんどであり、こういう思考力が正常な状態では滅多にないことなのだ。

湯のなかで膝を抱え込んでじっとしていると、同じように全身を洗い終えた暁斗が入ってきた。入れ違いに出ようとしたら、そのまま後ろから抱き込まれてしまった。

「で、出ないと……っ。早く出ないとモカたちが……」

「家のなかに連れてきてあるから大丈夫だよ。玄関上がったところだけど寒くはないから」

別荘はペット不可だが、瑠佳たちは借りているわけでもないしポータブルケージに入れたままだろうから問題はない。

用意周到だ。逃げ場はないということだった。

肩口に顎を乗せた暁斗は、楽しげに唇を瑠佳の耳に寄せた。耳朶を軽く噛まれて、ざわざわと快感が呼び覚まされていく。

「待っ、て……」

「だめ。待たない」

「のぼせるからっ……」

「その前に終わらせるから大丈夫だよ」

どうやら聞く耳は持ってもらえないらしい。そのまま後ろから胸やら下のほうやらを弄られて、結局瑠佳はあっという間に陥落してしまったのだった。

朝になって目が覚めると、瑠佳は暁斗に抱き込まれた状態だった。枕元にはモカがいて、二人の足下には乃愛が丸くなっていた。

「おはよう」

「何時？」

「七時ちょっと前」

車内で寝起きすることにもすっかり慣れた。二人はもそもそと起き上がり、ベッドを収納してから着替え、別荘の水まわりを使った。

昨夜はふらふらになった状態で暁斗に運ばれ、そのまま眠ってしまったのでその後のことは知らないのだが、モカと乃愛も車内へ戻してもらえたようだ。

朝食は車内のキッチンで用意し、食べ終わった後で仕事をした。

まずは使った水まわりを掃除して、外装や庭や柵などを点検する。今日は少し寒くて、風が冷たかった。

「雨樋《あまどい》が壊れてるね」

「枝がいっぱい落ちてる……やっぱこないだの台風かなぁ」

九月末に日本列島を縦断した台風は被害こそ大きなものではなかったようだが、やはりこのくらいの小さな傷跡はたくさん残した。ほかの別荘では敷地内の木の枝が折れて電線を切ってしまうという被害が出ていた。

残り二つも点検したところ、一棟の給湯器がつかなくなっていることが判明した。昼前には終わったので、移動がてらどこかでランチにしようということになった。

ここは海からも近く、海の幸を楽しみにしてきたのだ。二匹は車内で留守番してもらい、オーナーが漁師だという店に入った。

暁斗は普段と違い前髪をすべて下ろした上でキャップを被《かぶ》り、サークルタイプの眼鏡をかけている。服装もパーカーとジーンズというとてもカジュアルなものだ。テレビなどではスーツ姿しか披露していないせいか、イメージが違い過ぎて気付かれたことがない。

店は六十代くらいの夫婦がやっていて、必要以上に関わってこないタイプの人たちだった。愛想が悪いわけではないが、必要なことだけ口にして黙々と働いているといった印象だ。正直なところありがたいタイプだ。

隅の席に暁斗は壁に向かって座り、瑠佳が店内を向いた。後ろ姿でも彼のスタイルのよさは隠せないが、ほかの客にまじまじと見られるわけでもなかった。

注文を告げて待つあいだ、瑠佳はまじまじと暁斗を見つめた。

「そうしてると三つくらい若く見えるよね」

「弁護士には見えない？」

「見えない。芸能人みたい」

若々しくて華やかで、顔立ちも整っていてスタイルもいい。テレビに出ていた頃、一部では「イケメン俳優が弁護士役やってるみたい」という声もあったくらいだ。実際にドラマになってしまい、劇中でも主人公はコメンテーターをやっているので、まさに現実となったわけだが。

「その変装、超有効だね」

なにしろ一度としてバレたことはない。声をかけられたこともなければ、ＳＮＳに目撃情報が上がったこともないのだ。

「イメージ固定しておいたのは成功だったかな」

「え、わざと？」

「一応ね。うちの事務所の人に聞いたんだけど、ネットで『いつ見ても同じ』みたいなこと言われてたらしいよ」

　暁斗はくすくすと笑う。

「パーカーのイメージないもんね」

　さすがに繁華街のような場所は人目が多過ぎて誰かが気付いてしまいそうだが、この手の場所だと仮に顔を見られても「イケメンがいる」ですんでしまうようだった。似ていると思ったとしても、本人だとは考えないらしい。

「オフィス街とか都内の繁華街にいるイメージらしいね」

「パーカーとジーンズと、キャップと眼鏡……で、こういうとこにいるなんて思わないんだろうなぁ。だから久賀暁斗を連想しないでくれてるのかも」

「助かるけどね」

　堂々と外を歩き、店に入るというのは、やはり気持ちがいいものらしい。車と私有地にばかり閉じ籠もっていたら閉塞感があって仕方ないだろう。

「せっかくの旅行だし」

「たまになら、籠もってるのもいいと思うよ」

にこにこ笑う暁斗と昨夜の彼がまったく一致しない。こうして見るとどこまでも爽やかな王子さまなのに、瑠佳を抱くときは反則だと言いたくなるほどの色気を垂れ流すのだ。

暁斗に言わせると瑠佳もそうらしいが信じていない。彼の目にはそう見える、というだけに違いないと思っている。

だって自分は翻弄されて喘いでいるだけだ。気持ちよくなってなにも考えられなくなって、気がつくと眠ってしまって朝を——ときには昼を迎えているだけなのだ。

ぼうっと暁斗の顔を見ていたら、「おまちどうさま」と言って料理が運ばれてきた。

地魚をメインにした海鮮丼が瑠佳で、本日の煮魚定食が暁斗だ。今日はメバルだそうで、それぞれ小鉢が二つついている。

「海の近くに来たって感じがする」

ＭＭエステートの所有する物件は、今回の場所を除いて内陸部にある。それはそれで美味《うま》いものはたくさんあるのだが、海の幸はやはりテンションが上がった。

「これ、モカと乃愛にあげようかな」

鯛の刺身を持ち上げたところで、ふとそう思った。せっかく来ているのだし、いつもと同じフードというのも味気なくはないだろうか。

「買いにいこうか。確かすぐ近くに漁港直営の店があるよ」

「あ、そうだね。一枚ずつじゃ寂しいか」

「ついでに食材を仕入れよう」

今日からの二泊はオートキャンプ場になる。ここも入浴施設などは充実しているようなので不自由はないだろう。

アウトドアやオートキャンプにも慣れてきた。本格的なキャンプとなればまた別だが、車という拠点があるタイプは不自由さを感じなくなった。

夜になると明かりが乏しく顔の判別が難しくなるという点でも、いまの自分たちにとってキャンプはうってつけだ。

美味い海の幸を楽しんで、近くにある漁協直営店に行った。人の多さに躊躇《ちゅうちょ》しつつも思い切って暁斗も店に入ったが、気付かれることなく買いものが出来た。新鮮な海の幸を買うのに夢中で、ほかの客を気にする人が少なかったのかもしれない。後でＳＮＳをチェックしてみたが、暁斗がいたという目撃情報も上がっていなかった。

なんだこんなものか、と拍子抜けした。

「意外と平気なんだね」

車に戻って冷蔵庫に魚介類を納め、瑠佳はほっと息をついた。比沙子たちへの土産《みやげ》は最終日に買うつもりでいる。

「それはそうだよ。僕は一般人だからね。芸能人は大変だと思うけど、彼らも結構普通に出歩いてるそうだしね」

暁斗は週に一回のテレビ出演で、何人もの有名人に会っていた。親しくなった人はいないらしいが、曜日が同じレギュラーの人たちとは連絡先も交わしたという。とはいっても何度かメッセージのやりとりをした程度らしい。

「そのうち、旅行先じゃなくても普通にお出かけ出来るようになるかな」

「なるよ。前みたいに、外食デートもしたいよね」

「あれはデートじゃなかったじゃん」

瑠佳はケージから出したモカを膝に乗せ、暁斗は乃愛を抱っこしている。二匹とも撫でられてうっとりした顔をしていた。

「可哀想だけど、そのときはこの子たちは留守番かな。瑠佳くんを連れていきたい店があるんだけど、そこはペット不可でね」

むしろ犬連れでいい店を頑張って探してくれていた暁斗には感謝しかない。モカも留守番が出来るようになり、乃愛も大きくなって置いていけるようになったから、これからは選択の幅も広がることだろう。

「そろそろ行こうか」

以前と同じオートキャンプ場までは小一時間ほどだ。前回は三月なかばなのに真冬のように寒い日だったので、車からあまり出ずに過ごしてしまった。今回は結構暖かいので、夜には外で火を焚《た》いてゆっくりとアウトドアを楽しもうと思っている。

キャンプ場に着き、指定された区画に車を停めると、暁斗は運転席でうーんと伸びをした。

「思ったより空いてるね」

「これからかな？　この場所いいよね。端っこ好き」

早速カーサイドタープを張り、車の真横に屋根つきスペースを作る。椅子とテーブル、焚き火台もセットした。

本格的なキャンプではないので食事は車内のキッチンで作ってしまうが、焚き火を眺めながら食事をしたりコーヒーを飲んだりするだけで気分は上がる。

夕食は二人で作った魚介たっぷりのパエリアもどき——サフランではなくカレー粉とケチャップで色をつけた——と、温野菜サラダだ。

モカと乃愛には鯛とヒラメの刺身が振る舞われた。

食後に二匹が遊び疲れて眠った後、瑠佳と暁斗はタープの下で並んで座り、なにをするでもなく焚き火を眺めた。

時間がゆったり流れていると思う。今日は空いているからほかの客との距離もあり、遠くから話し声や物音が聞こえてくるものの気になるほどではなかった。むしろ秋の虫が鳴く声のほうが大きく響いている。

「あー落ち着く。虫の声もいいなぁ」

「コーヒーも美味《おい》しいしね」

「うん。なんか、焚き火で沸かしたお湯で入れると美味しいような気がしない？」

「わかる気がする」

「遠足で食べるおにぎりも美味しいよね」

「それはさんざん歩いた後だからじゃない？」

「あー、そっか」

他愛もない話をして笑いながら、自然と身を寄せ合っていた。端の区画ということもあり、車の陰になって人の目は届かない。

ふと黙って見つめると、それが合図だったかのように暁斗がキスをしてきた。触れるだけですぐに離れていったが、外でするなんて思ってもみなくて瑠佳は目を丸くしてしまう。

「だ……大胆……」

「外でキスしたの初めてじゃないだろ？」

「いつもは別荘とかの敷地にいるときじゃん」

　確かに外だが私有地で、目隠しの木や塀がある場所ばかりで、そもそも近くに人の気配がなかった。ここは気分的な部分で大きく違う。

「嫌だった？」

「……嫌じゃなかったけど……」

「じゃあもう一回」

　今度は予告つきで、ゆっくりと唇を重ねられた。さっきよりも深いキスになっても、瑠佳は抵抗することなく受け入れた。

　甘い息づかいは虫の声にかき消され、二人以外の耳に届くことはなかった。


　四日目の昼過ぎには、一行は本宮家に着いていた。明日からまた仕事なので早めに帰宅して身体を休める算段だ。

本来なら会社にいる比沙子だが、今日は午前中のみの出社にして自宅にいた。もちろん瑠佳たちを迎えるためだ。

比沙子に土産を渡し、別荘の点検結果と問題点を報告する。今回は先日の台風の影響か、折れた木の枝が雨樋を一部破壊していたこと、給湯器の調子が悪いことなど、数点を挙げた。

「わかりました。ご苦労さま」

こんなことで報酬をもらっていいのかと思うが、このあたりもさんざん言い聞かされたのでおとなしくしている。車やらなんやらで経費がかかっているはずなのに、委託業者を頼むよりは安いと言われてしまうのだ。

仕事の話は三十分もしないうちに終わった。待機していた佐々木がコーヒーとお茶菓子を持ってきてくれた。

「お仕事は順調なの？」

「あーはい。特に問題はないです」

「そう。もう少しでマンションも完成するから、引っ越しのことも忘れないでちょうだい。言ってくれれば業者はこちらで手配するわ。家具と調度品の手配もね。カタログは届いてるでしょ？」

「届いてますけど……」

「けど、なに？　気に入ったものがなければ自分で探してきてもいいわよ。でも安っぽいものはやめてちょうだい」

「……はい」

一応頷いてみたものの、比沙子の言う安いと自分のそれはきっと違うのだろうな、と思った。

瑠佳の返事に不安を抱いたのか、比沙子の視線が暁斗に向かった。

「出来たらでいいのだけど、見張っておいて。変なものを買わないように」

「変なものって……」

「僕でもいいですけど、お二人で一緒に出かけてみては？　いつものところですよね？」

「……そうね。いいものを見せて目を養うのも大事かもしれないわ」

あれよあれよという間に、比沙子とのショッピングが決定した。いやショッピングなどという可愛らしい買いものですまないことは必至だ。もらったカタログから考えるに総額は数百万になりそうな気がしてならない。

暁斗が言う「いつものところ」とは、昔から付き合いのある家具店だ。規模はそう大きくないが、ショールームもあってオーダーやセミオーダーも出来る。いわゆる「一生もの」の家具を多く取り扱う店らしい。

佐々木はにこにこ笑いながらこちらを見守っている。家具選びについてきてくれないかなと思ったが、彼女にも彼女の生活があると思い直した。

そうして出かける日を決めていると、ふと比沙子が眉根を寄せた。

「どうして休みの日がいつも空いているのよ。あなた友達はいないの？」

「いますけど！　でも実際に会うことは少ないし、たまに会っても仕事帰りとかなんですよ」

週末は暁斗と過ごしたいから予定がないように見えるだけだった。本当は恋人と過ごすため、週末はほぼすべて埋まっているのだ。ごくたまに休日の昼間に友人と会うこともあるが、就職してからはその機会も減っていた。

だが言えるはずもない。暁斗だって週末は真っ白なスケジュールであることも。

「お付き合いしている人もいないの？」

「え……いや、あの……」

思わず警戒心をあらわにしてしまい、慌てて笑顔で取り繕った。

比沙子は瑠佳の両親の結婚を反対し、駆け落ちからの没交渉にまで陥らせた人だ。父佳一の頑なさも拗《こじ》れた一因であるし、当時の母——真理亜《まりあ》も理解されにくい条件が揃《そろ》っていたので、比沙子だけが悪いと言うつもりはない。それでも身がまえてしまうのは仕方ないだろう。

恋人はいるけれど、紹介出来ない人なのだ。

そんな瑠佳を見つめ、比沙子はふっと息をついた。

「いないのなら知り合いのお嬢さんでも、と思ったのだけど……その様子だと必要なさそうね」

「えっ」

「いるんでしょ？　そういう顔だったわよ」

そういう顔とはどんな顔なのか。思わず手で頬のあたりを触ってしまい、くすくすと佐々木に笑われてしまった。

「……とりあえず結婚する気はないです」

「まぁ……いまどきの子って、そうなのかしら」

比沙子は深い溜め息の後で佐々木に問うような目を向ける。どうなんでしょうねぇ、と佐々木は笑っていた。

「暁斗さんも独身主義だと言うし……」

すでに宣言していたのか、と思わず端正なその横顔をちらちらと見つめてしまう。

それが悪手だったと気付いたのは、かなり長いあいだ無言になった比沙子の視線を感じたときだった。

彼女はじっと、瑠佳と暁斗を見つめていた。

「……そういうことなの？」

「はい？」

「あなたたち、やたらと仲がいいと思ってはいたけれど……つまり、そうなのね？」

瑠佳はピキンと固まったが、暁斗は涼しい顔でうっすらと微笑んでいた。この場合の無言は肯定と同意だ。

瑠佳はそこにも気付いて今度はあわあわとし始めた。

佐々木は「あらあら、まぁまぁ」と笑っていて、まるで子供の可愛いいたずらが暴かれたように微笑ましく見守っている。

冷や汗が止まらなかった。いつものように報告に来ただけだったのに、どうしてこうなってしまったのだろう。

間違いなくこの場において一番冷静でいられないのは瑠佳だった。

「いつから？」

瑠佳ではらちがあかないと思ったのか、比沙子は暁斗に向き合っていた。

「一年ほど前です」

「そう……元からそうだったの？」

比沙子の目に嫌悪感だとか怒りのような色合いは感じられないが、かといって納得しているふうでもなかった。

冷静な人だなと、こんなときなのに瑠佳は感心した。瑠佳も少し落ち着いてきたようだ。

「いえ、異性愛者でしたよ。瑠佳くんもそうですが、性別で諦められる程度のものではなかったものですから」

暁斗の笑みは物語に出てくる王子さまのように美しく爽やかで、かつ一分《いちぶ》の隙もなかった。男同士ですけど、それがなにか？　などという副音声が聞こえてきそうだ。

この手の顔を比沙子に向けたことはなかったのだろう。笑顔を見た比沙子はこめかみあたりに指をやり、目を閉じて溜め息をついた。

そんな彼女の元に行ったのは空気の読める犬、モカだ。足下できゅうんと鳴き、どうしたの大丈夫？　と言わんばかりの顔で小首を傾げるあざとさだった。

モカは放してあるが、乃愛はキャリーに入ったまま暁斗の足下にいる。広いこの家で彼女がどこかへ行ってしまわないようにそうしていた。

比沙子はモカを抱き上げ、膝の上で撫でながらもう一度溜め息をついた。

「正直、抵抗がないと言えば嘘になるのだけど……理解するように努めるわ。反対出来るような立場でもないし」

「奥さま、すばらしいです。すっかり柔軟になられて」

佐々木は指先で小さく拍手をしている。一見するとからかっているようにしか見えないのだが、どうやら真剣にそうしているようだ。仕草はともかく顔は大真面目《まじめ》だった。

「……あなたは気付いていたの？」

「ええ、まぁ。そうだろうな、とは思ってました」

「いつ？」

「奥さまがお倒れになったときですよ。一緒にいるところを見て、なんとなく」

え、と小さく声を出し、瑠佳は目を瞠った。

あの段階ではまだ恋人関係になっていなかったのだ。もちろん互いに想いは抱いていたし、瑠佳はきっと上手に隠せてはいなかった。けれど暁斗の気持ちまで見抜くとは、さすがとしか言いようがなかった。

ふう、と比沙子は少しだけ遠い目をした。

「部屋を繋げて欲しいと言ったのは、そういう意味だったのね」

「え？」

「いいえ、この子たちのためですよ。あくまでペット優先です」

暁斗はにっこりと笑ったが、比沙子は疑わしげな目で見つめている。それでもすぐに諦めた様子で視線を外したが。

二人のあいだでは完璧に会話が成り立っていたが、瑠佳にはなんのことだがさっぱりだった。蚊帳《かや》の外という気がして仕方ない。

「あの、部屋を繋げるって……？」

「……暁斗さん。あなたの独断だったの？」

「いえいえ、そんな。ちゃんと話した上ですよ。ね、瑠佳くん。部屋の行き来が楽なほうがいいって話をしたよね？」

「した……けど……」

記憶をたぐり寄せ、確かにそんな話をしたことは思い出した。けれどもそれは、同じマンションだから楽だよね、というニュアンスだったはずだ。

ちらりと暁斗に目をやる。

彼に限ってニュアンスを取り違えたということはないだろうから、都合よく使ったのだろう。あるいは最初からそのつもりで誘導したのか。おそらく後者だと瑠佳は思っている。暁斗にはそういった策略家の一面もあるのだ。

「まぁ、鍵もかけられることだし、嫌なら塞いでしまえばいいわ。閉じ籠もりたいときだってあるでしょうし」

勝手にやれと言わんばかりの口調と視線だった。それより、と続けられた新居の話に、瑠佳はふんふんと頷く。

瑠佳と暁斗の部屋が二世帯住宅仕様なのは先ほど聞いたばかりだが、同じフロアではなく暁斗が一つ下という形らしい。要するに階段で繋がっているほかは、住宅として独立しているそうだ。

階段はいいなとひそかに思う。生まれてからこの方、瑠佳は階段がある家に住んだことがなく、少しだけ憬《あこが》れがあった。それならマンションだろうとかまわなかったし、乃愛のことを思えば上下運動が出来る環境はとてもよさそうに思えた。

間取り図も見せてもらい、イメージを膨らませていく。

瑠佳の部屋は二ＬＤＫで、Ｌ字型のルーフバルコニーに囲まれた造りだ。リビングの窓は南東を向いており、陽当たりはとてもよさそうに思えた。そのバルコニーも図では波線で略されていて奥行きが不明だが、間口いっぱいがそうなので十分に広いと言えるだろう。

瑠佳には広すぎるので、あまり使わない部屋が一つ出来そうだ。持ちものは備え付けの収納にすべて入りそうだから、カーペットを敷き詰めてモカと乃愛の室内用遊び場にするか――。

自然と引っ越すことを考えていた自分に気付き、ふふと笑う。

ここまでお膳立てされたのだし、もとより拒むつもりはなかったが、それでも当たり前のように暁斗との半同居を考えるようになっていたらしい。

まして比沙子も同じマンションだ。同居ではないが近くにいられるというのは、この先のことを考えると安心だった。

「そういえば、例のドラマは明日からでしたよね」

ふと思い出したように言いながら佐々木はコーヒーを入れ替えた。

「ええ」

「暁斗さんは見るんですか？」

「実はすでに第一話は見てるんですよ。最後の出演の前に、ＶＴＲを渡されまして」

　暁斗はすでにテレビの仕事を降りていて、いまは弁護士の業務の傍ら、ＭＭエステートの仕事を覚えている状態だ。もちろん弁護士会のお偉方も納得している。以前の醜聞は記憶の彼方《かなた》に流され話題にもならなくなったので、十分に役目は果たしたということらしい。

「どうでした？　おもしろかったですか？」

　佐々木はかなり前のめりで、顔には期待がいっぱいに浮かんでいる。テレビもドラマも大好きだという人なのだ。

「面白かったですよ。弁護士会のチェックも入ってますから、そういう意味でのツッコミどころはないですし」

「では別のところにあるわけですね？」

「主演俳優の方が、少しばかり僕に寄せ過ぎではないかな……と」

　実力派として知られる三十歳の俳優は、よほど研究をしたのか仕草や口調を完全といって差し支えないほどコピーしていた。もちろん容姿は違うわけだが表情の作り方まで似せていたので、暁斗としては微妙な気分だった、と。

苦笑交じりに彼は言った。

「もっと違う弁護士像を作ってもよかったんじゃないかと思うんですが」

だが出来てしまったものは仕方ないし、高い評価の声も聞こえてきたので、門外漢の暁斗がとやかく言うことではないのだろう。コメントを求められた彼は「すばらしい演技でした」と返していた。最後のテレビ出演の際のことだった。

「それであなたの周辺は、少しは静かになったの？」

「去年と比べれば、それはもう格段に。うちの事務所のスタッフが調べたんですが、ＳＮＳでも取り上げられることが少なくなったと言ってましたよ」

「ドラマで再燃するのではなくて？」

「一時的にはそういうこともあるかもしれませんが、見かけなくなった人間のことなんて世間はすぐに忘れますよ」

　実際のところ、世間での暁斗の話題はドラマの番宣が始まるまで沈静化していた。それは彼が無難にコメンテーターをこなしていた結果だ。徹底的に失言を避け、常識的かつ模範的なことを言い続けた。面白みがないという声もよく見かけたが、それはあえてのことだった。

　今年に入ってからスポーツ界や芸能界では立て続けに話題の人物が生まれた。特に前者は熱狂的な盛り上がりで、連日連夜メディアを騒がせていたのだ。

「昨日も新たな話題が生まれたことですしね」

　こちらはスキャンダルだが、清純派で知られた人気女優の不倫がスクープされ、すでに炎上状態だ。週明けにはテレビ局がこぞって取り上げ、さらに加熱することは間違いない。好感度が高く、十社近い企業のＣＭに出ていたことも混乱に拍車をかけている。

　ちなみに暁斗もテレビＣＭや啓蒙《けいもう》ポスターなどの話がいくつもあったようだが、そこはすべて断ったそうだ。代わりに社会的な側面があれば雑誌などのインタビューには応じていて、件《くだん》の雑誌以外にも数回インタビューを受けた。

　ともかくそうやって次から次へと湧いてくる話題のなかに、これから暁斗も埋もれていくのだ。もちろん一度脚光を浴びたからには完全に一般人として紛れることは出来ないので、以前ほどではないものの身辺には注意していく必要があるだろうが。

「僕の日常なんて、基本仕事漬けですからね」

　表向きは、と微笑む暁斗は、世間で思われているよりもずっと計算高い男なのだった。

　職場では瑠佳が久賀暁斗の知人であるという話はあまり知られていない。院長と、六歳上の獣医師が瑠佳と同じ大学出身なため、知り合いから聞いた、というくらいだった。

去年暁斗が大学病院に迎えにきた直後は少しＳＮＳで騒がれたが、瑠佳個人が特定されたわけではなかったし、メディアに取り上げられたわけでもなかった。仕事の一環で依頼主の身内を迎えにきたという話――事実だ――で落ち着いたのだ。

出来て三年ほどのクリニックは建物も設備も新しく、先輩獣医師も気さくな人ばかりなので大きなストレスもなく勤められている。全体的にスタッフが若いというのも特徴だろうか。院長も四十代前半だし、瑠佳以外の四人の獣医師も二十七歳から三十二歳らしい。

瑠佳はその三十二歳の男性獣医師について、いろいろと学んでいるところだ。一人で飼い主からの聞き取りや検査をすることもある。

今日は三度目の来院となる子猫の経過観察だ。幼稚園の年長の女の子が公園で拾い、母親と一緒に来たのが初回だった。二度目の来院時には血液検査などの結果も良好であると伝えた。

「順調に体重も増えてますし、問題ない状態だと思います。えーとね、ショコラちゃんはとっても元気だから、このまま大事にしてあげてね」

少し屈《かが》み込んで女の子――美優《みゆ》に伝えると、彼女はもじもじしながら赤い顔をして頷いた。

可愛いなと、思わず顔がほころぶ。動物も可愛いけれど、小さな子供も同じように可愛いと思える。同列に扱っていることは無自覚だ。

「せんせー、これ」

渡されたのは四つに折りたたまれた画用紙で、開くとクレヨンで描かれた絵が出てきた。グリーンのスクラブを着ているのは瑠佳らしく、ツインテールの女の子と手を繋いでいる。そしてあいだにハチワレの子猫がいる。

「ありがとう。すっごく上手だね」

「これ、せんせーなの。それでこっちが美優ね」

「うん。この子がショコラだよね」

「そう！」

喜びを全身で表すのが可愛い。もらっていいらしいので、もう一度礼を言って受け取った。美優は何度も手を振りながら、母親に手を引かれて出ていった。

ドアが閉まると、看護師がふふっと笑った。

「瑠佳先生、また初恋泥棒してますねぇ」

「はい？」

「その絵、ちゃんと見てあげてください。ハートマークつきですよ……！」

「あ……ほんとだ」

瑠佳と美優の頭上には、いくつもピンクのハートマークが飛んでいた。背景には同じ色で花が描き込まれていたために気付いていなかった。

「でも、またって……？」

「ハチ刺されのパグちゃんとこの女の子、覚えてません？」

「あー、泣きながら飛び込んできた子ですよね」

小学校五年生の女の子の泣き顔を思い出した。散歩中に愛犬がハチに刺されて悲壮感たっぷりに鳴き叫んだため、慌ててやってきたのだ。処置自体は先輩医師が行ったため、瑠佳がしたことは泣きじゃくる彼女を宥め、親に連絡させることだった。

「あの子、大丈夫ってわかった後は、ちらちら何回も瑠佳先生を見てましたよ」

「うーん……そうだったかな」

「とりあえず女の子に大人気ですから」

「小学生以下限定ですよね。まぁ、いいんですけど」

むしろそのくらいの年齢のほうが面倒がなくてよさそうだ。そのうちに忘れてくれるだろうし、今日のように絵をくれるくらいが微笑ましくていい。瑠佳にとってはある程度育った少女やら大人の女性に好意を寄せられるほうが困るのだ。

看護師は診察台を拭きながら、そういえば……と視線を上げた。

「このあいだ、名指しで問い合わせがあったみたいですよ。瑠佳先生の」

「は？」

「ほら、ホームページに載せてるじゃないですか。スタッフの顔写真と名前。あれ見て、この先生で予約することは出来ますか、みたいな」

「いやいや、僕に出来ることなんて少ないのに」

瑠佳は顔の前で勢いよく両手を振った。初耳であった。

クリニックのホームページには写真と名前だけでなくキャリアも載っているはずだ。普通に考えたら一年目の瑠佳など名指しされるはずがない。

「そのあたりを説明したら、別の人でいいですってことになったらしいけど。でも顔目当ての人がいたのは事実ですよ」

「マジですか……」

「なに意外そうな顔してるの。マリンちゃんの飼い主さんだって、わざわざお礼持ってきて、そのまま通ってるじゃないですか」

「あれは純粋に感謝してくれたのと、わりと近かったからじゃないですか？」

「でもモテるでしょ？」

冗談交じりに咎めるような顔をされたので、きっぱりと言い返した。

「いや全然。謙遜《けんそん》とかじゃなくて、ほんとにモテたことないですよ」

「気付いてないだけでしょ。彼女とかいないの？」

「あー……まぁ、お付き合いしてる人はいます」

「やっぱり。だよね、そんな感じはしてた。そっか、結婚は……さすがにまだ考えないよねー、若いもんね」

そう笑う看護師は学生結婚をして五年目で離婚し、いまは新しい彼氏と同棲《どうせい》に踏み切るかどうか、というところらしい。

次の患者が来たために、その話題はそれきりになったが、モカを散歩しつつの帰宅時にふっと思い出してしまった。

仲良く買いもの袋を下げて歩く夫婦らしき人たちを見たせいもあった。

（結婚、かぁ……）

手段を選ばなければ、結婚に近い形を取ることは出来るだろう。だが瑠佳個人としては、いまの関係で十分だと思っている。

恋人になって約一年。上手《うま》くいっていると思うし、不満はまったくない。暁斗は優しいし、不安になるようなことはなにもなかった。

（紙切れ一枚だしね）

結婚という形を選んだところで、それが永遠に約束されたものじゃないことも知っている。瑠佳と暁斗の身内は違ったけれど、先ほど話していた看護師はバツイチだし、大学病院のスタッフには高校の頃から付き合って六年も同棲した後で結婚したのに、たった一年で別れてしまったと笑っていた者もいる。

「約束なんてなくても別に平気だし。ね、モカ」

ただ少しだけ、いいなと思ってしまっただけだ。永遠を約束するものではないとしても、一つの形として二人の関係を表すということに。

話しかけられたモカは立ち止まり、小首を傾げるようにして瑠偉を見上げた。

予定通りに十二月のなかばにはマンションが完成し、瑠佳は日を選んで引っ越すことになった。

実はまだ実際のマンションを見たことはない。忙しかったこともあるし、間取り図やCGでのイメージ図を見せてもらっていたのでわざわざ行かなくても……と思ったからだ。

比沙子も見にいけとは言わなかったし、暁斗もなにも言ってこなかった。それが少し不思議だなとは思った。

とはいえ引っ越しは決定事項なのだし、完成した物件にはなにも言いようがないだろう。そんな考えが瑠佳にあったのも事実だ。

暁斗曰く、比沙子が「張り切って」作ったので、すばらしい物件になっているとのことだ。家具も彼女主導で選んだものが運び込まれている。

一緒に家具店へ行き、何時間もかけて選んだのだ。あれはとても疲れた、と思い出して瑠佳は遠い目をした。

「引っ越しって、こんなに楽だったっけ……」

持っていくものといえば、そう多くはない服と小さな祭壇——母親にあわせて仏壇ではなく祭壇にした——と、思い出の品がいくつか。家具も家電も調理器具も食器も、年季の入った安いものしかなかったので新たに買い揃えられたのだ。

手配された業者は時間通りにやってくると、てきぱきと荷物を運び出していった。

家具や家電などがほぼ残っているので一見普段と変わりないように見えるが、それでもどこか寂しく感じられた。

後はＭＭエステートの管轄物件として体裁を整えることになるらしい。使えるものがほとんどなので、この部屋は「家具家電付きの部屋」として貸し出すようだ。

今日でこの部屋とお別れだと思うと、さすがに感傷的にもなる。初めて一人——と一匹——で暮らしたここに、さほど強い愛着があるわけではないのに。愛着ならば家族で暮らしていた部屋のほうがあった。

「お世話になりました」

それでも少なからず思い出はあるので、最後に一通り見てまわった後、モカを連れて部屋を出た。

ここから新しい住まいまでは、車で二十分ほどだ。時間通りに家を出ると、普段とは違う車で暁斗が待っていてくれた。

あらかじめ予告されていた通り、それは比沙子の車だった。乗ったことはないが何度か見たことがある、国産のセダンだ。

「おはよう……って時間じゃないけど、いっか。えーと、ありがと」

タクシーで行こうと思っていたら、迎えにいくと言ってくれたので甘えることにしたのだ。

すでに引っ越しを終えている暁斗があえて比沙子の車を使ったのはカモフラージュのためだ。いまだに彼の周囲にはうるさい目があるようだった。そろそろドラマは最終回を迎えるが、来年には映画化することが発表されたせいらしい。

どうやらドラマ化と同時に映画化も決定していたらしく、後で聞かされた暁斗は溜め息をついていた。しかもすでに撮影ずみだという。

「わざわざ来てもらっちゃってごめんね」

「瑠佳くんのお迎えくらい、いつでも喜んでするよ」

出来た恋人だ、としみじみと思う。

「結局一回も見にいかなかったんだっけ？」

「決まったことだし……と思って。それに暁斗さんと比沙子さんがいいって言うなら、いいとこなんだろうと思ったし」

買いものにもそこそこ便利で、駅からは徒歩十分。片側は道路を挟んで広い公園があるので景観も抜群だと聞く。ちなみに公園と逆側は商業地域なので、見ても楽しい景色ではないそうだ。

「あれだよ」

見通しのいい道へ出ると目的地を示された。

十四階建てのマンションは十階から上は徐々にフロア面積が小さくなるという造りで、総戸数は九十ほど。瑠佳の部屋は最上階に用意されているという。

「あ、確かに景色よさそう」

眼前に広がる公園は思っていたよりも大きく、さらに奥には古くからの神社があるとかで緑豊かだ。マンションを建てた敷地は昔から本宮家が所有していた土地らしい。

「いわゆる大地主というやつだよね」

「いまさらだけど、うちの父って御曹司だったんだ……」

「本当にいまさらだなぁ。それを言うなら、いまの瑠佳くんだってそうだよ」

「えー」

笑いながら暁斗はマンションの地下にある駐車場に入り、車を停めた。隣には見慣れた暁斗の車とキャンピングカーがあった。

その一角はMMエステート関連で占められており、キャンピングカーとあわせて三台分と来客用一台分が確保されているそうだ。

「一カ所にまとめた感じ？」

「そうだね。さぁ行こうか」

暁斗に先導されてドキドキしながらエレベータに乗り、まず最初に彼の部屋を見せてもらう。引っ越し業者はまだ到着していなかった。

暁斗の部屋は間取りこそ違えどやはり二LDKで、二部屋の一つは書斎になっていた。大量の書物に圧倒されながらも、少し格好いいなと思ってしまった。

階段は隠されるようにして、廊下にあるドアのなかにあった。引き戸が収納出来るタイプなので、開け放しておいても問題はなかった。上の階も同じく階段を隠せるようになっており、もちろん施錠も可能だ。

ちょうど引っ越し業者から到着の連絡が入ったので、部屋まで届けてもらった。いったん暁斗の部屋を出て、自分の部屋の玄関から入って出迎えることにした。

マンション用のエレベータに簡単に収まるカーゴを、瑠佳の荷物は半分も埋めていなかった。玄関先に入れてもらい、業者の作業は終了となる。引っ越しというよりも当日配達の宅配便みたいなものだった。

ドアが閉まったところで、内階段を使って暁斗が現れた。

「運ぼうか？」

「えっと、じゃあモカのベッドとかサークルをお願いします。これに入ってます」

そして瑠佳自身は抱えられるサイズの祭壇を持ち、リビングへと足を踏み入れた。寝室とは別の部屋が引き戸で分けられる形であるので、そこに祭壇を置こうと思ったのだ。

「え……」

だが窓の外を見て瑠佳は絶句し、足を止めた。

掃き出し窓の向こうにあったのはバルコニーではなく屋上庭園だったからだ。

テニスコート一面分よりもありそうなスペースには芝生が張ってあり、植栽もされている。ビルが建ち並ぶほうには木製のルーバーで目隠しがされているが公園側は低木での目隠しのみで、もちろんそちらも目立たない形のフェンスで覆われていた。

しかもちょっとした休憩スペースのような場所まであり、そこでは比沙子と佐々木が優雅にお茶を飲んでいた。意味がわからない。

こちらに気付くと佐々木はにこやかに手を振り、比沙子はどこか得意げな顔をした。

「どういうこと？」

ここは瑠佳に与えられた部屋ではなかったのか。

呆然《ぼうぜん》として呟くと、早くもモカ関連の設置を終えた暁斗が肩口から顔を寄せてきて、どこか楽しげに言った。

「本宮家共有の屋上ガーデンとでも言えばいいのかな」

「は？」

「とにかくまずは、ご両親に落ち着いてもらおう」

「あ……うん」

置き場所として予定していたところ——設置済みのチェストの上に祭壇を置くと、暁斗がぽんと肩を叩《たた》いた。

「行ってみようよ」

掃き出し窓を開けると二人分の靴が用意されていたので、戸惑いつつも比沙子たちのところまで歩いた。

人工ラタンのガーデンソファセットには、人数分のティーセットとお菓子が用意されていて、無言で座りなさいと促された。

とても自然にお茶を振る舞われた。喉が渇いていたのでありがたくいただく。

十二月に入ったというのに今日はとても暖かく、風も弱い。日隠しのルーバーや木が風よけにもなっているようだ。

「えーと……？」

「まずは引っ越しご苦労さま」

「なにかお手伝いしましょうか？」

比沙子の言葉に頷いてから、佐々木の言葉に礼と断りを入れる。引っ越しというほどの作業量ではないからだ。

　それよりなにより知りたいことがあった。

「それであの、ここは一体？」

「向こうがわたくしの部屋なのよ」

　指さされた方向を見ると、植栽の隙間から部屋が確認出来た。瑠佳の部屋とは線対称に近い形のものだったが、そちらのテラスは瑠佳のところよりも狭いようだった。もちろん一般的なバルコニーよりは遥《はる》かに広い。

　繋がった庭は植栽で仕切られてはいるものの、このソファセットは共有なので、ここを通ればどちらのスペースにも行くことが出来る。

　つまり仕切りはないということだ。

「なるほど……」

　それはそれで便利かもしれない。すぐに駆けつけられる状態なのは、なにかと安心だ。いまはまだ心配なくとも、これから比沙子だって歳《とし》を重ねていくのだから。

「無断でそちらに行くことはないから安心してちょうだい」

「いや別にいいですけど……」

「あら、いいの？　まぁでも行くことはないと思うわ。なにかあったら電話するけれど」

そうしてくれと瑠佳は大きく頷く。普段はしっかりとプライバシーを確保出来る点も、なかなかよく出来ていると思った。

「モカちゃんを連れていらしたらどうですか？」

「あ、そうですね。ちょっと連れてきます」

「乃愛は無理だね」

残念そうな暁斗に頷き、瑠佳は席を外す。小型犬にとってはドッグランにもなるが、猫はそうもいかない。フェンスやルーバーなどよじ登ってしまう。

それが少し残念だなと、リビングに入りながら思った。


持ってきた衣類は備え付けのクローゼットを五分の一も埋められなかった。

確かに瑠佳が持っている服は少ないが、それ以上にここの収納が大き過ぎるのだ。ウォークインクローゼットなんて宝の持ち腐れというものではないだろうか。

「靴だって一段しか埋まらなかったし」

玄関のシューズクローゼットも意味がわからないほど広くて、ちょっとした物置といったほうがいいサイズだった。ハンガー掛けのパイプまであったので、コートなどはここにしまっておいてもいいかもしれない。

「キッチンもスカスカ」

やはり作り付けのキッチンボードも空きスペースだらけで寂しかった。それでも暁斗と選んだ食器類はすべてお気に入りだ。買いにいく時間がなく、また人目も気になったので、二人してカタログやインターネットで探したのだ。

実際に暮らしていけば足りないものも出てくるだろうから、そのうちにどんどん増えるかもしれない。少しずつ気に入ったものを増やしていく暮らしもいいのではないだろうか。

「モカたちの食器も新調しようかな」

細々としたものの収納は夕方までには終わり、せっかくだからと三人で夕食を取った。場所は比沙子の部屋だった。佐々木はいつものように家族が待つ家へ帰っていった。

いま最上階の瑠佳の部屋に暁斗も来ている。階段は開放しているので二匹も自由に遊びまわり、いまは寄り添って眠っていた。

暁斗の引っ越しは数日前だったので、乃愛もすっかり慣れた様子だった。こちらのフロアに上がってきたときは興味深げに探検をしていたが。

「なんていうか……こんなことになってるとは思わなかった」

窓の外を見て瑠佳は乾いた笑いをこぼした。

ここが十四階だなんて信じられないほど立派な「庭」に、こんな贅沢《ぜいたく》が許されるのだろうかと遠い目をしてしまう。

「わざわざ出かけなくても、ここでピクニックが出来そうだね」

「あー、バーベキューもキャンプも出来るよね」

定期的にキャンプ場へ行っている身としては屋上でそれらしいことをする意味を見いだせないけれども。

「キャンプはともかく、そのうちバーベキューでもしようか。比沙子夫人も呼んで」

「あ、いいかも。でもあの人、アウトドアとかしたことないよね絶対」

とはいえ世間的には暁斗もアウトドアのイメージがないので、彼以上に想像がつかないとしても、決めつけるのはやめようと思った。

「まぁアウトドアとは無縁の人だと思うよ。うん、でも誘ったら断らないとも思う」

確かに、と思わず頷く。それは好奇心だとか気遣いなどではなく、彼女なりに孫と接触する機会を持とう、という姿勢のためだ。慣れてきたのか意図的に変えているのか、近頃はすっかり言葉に険がなくなった。

いまの瑠佳はそれなりに祖母のことが好きだと思っている。まだまだ距離のある関係だし、この先も縮まるかどうか不明だが、悪い関係ではないはずだった。

「そういえば、最近は追っかけられたりしてる？」

「どうかな。でもこのマンションに越したのがバレたところで、部屋までは無理じゃないかな。望遠で撮れるような部屋でもないしね」

虎視眈々《こしたんたん》とスキャンダルを狙う輩《やから》はいるようだが、暁斗が隙を見せることはないだろう。一番知られて困ることはごく限られた身内しかわからないように出来ているのだ。恋人との逢瀬《おうせ》も自宅で出来てしまうのだから。

「一応住所は別だもんね」

まして最上階はオーナー家族のフロアという形になっているので、本宮家とごく親しい関係の暁斗が同じマンションに住んでいることも不自然ではない。

外で食事をしたり買いものをしたりすることもあるが、そのときも視線や仕草には気をつけているのだ。感情や恋愛での関係性が滲み出ないように、あくまで家族ぐるみの付き合いの相手——弟のような存在であると思わせるために。

恋人同士でいられるのは、他人の目がないときだけだ。それを不満だなんて思っていないけれど、男女のカップルとは違うなぁ、と思ってしまうことは確かだった。

「瑠佳くん」

　囁くような声に黙って視線を向けると、暁斗は目を見たまま瑠佳の手を取った。

「どうしたの？」

「本当はもっと特別な日に、って思ってたんだけど」

「うん？」

　暁斗の視線を追い、手元に目をやる。すると左手の薬指にするりとシンプルなプラチナのリングが塡《は》められた。

　え、と小さな声が漏れた。それ以上なにも言えず、ただまじまじとリングの塡まった指を見つめるだけになった瑠佳に、暁斗はかすかに笑った。

「誕生日でも記念日でもなくてごめん。あえて言うなら同棲を始めた日、かな？」

「ど……同棲……」

「僕は事実上の同棲だと思ってるんだけど、嫌だった？」

「そ、そんなことないっ」

　そうか同棲なのかと認識をあらためた後、もう一度指のリングに目をやる。そうして意味を問うためふたたび顔を上げた。

　ぎゅっと手を握られた。

「本宮瑠佳さん。これからもずっと僕のそばにいてください。一生大切にすると約束します」

まるでプロポーズだと思った。告白とはまた違う、まるで宣誓するような――。

はっとしてリングを見て、じわじわと顔が赤くなった。つまりこれは、そういう意味合いのものなのだ。

震えそうになる唇を必死で動かし、瑠佳はまっすぐに暁斗を見つめる。

「はい。こちらこそ、よろしくお願いします」

返ってきたのは幸せそうな笑みと、誓いのようなキスだった。

「よかった。プロポーズは成功かな」

「やっぱりプロポーズなんだ」

どこかぼうっとしたままソファに並んで座り、少しだけ暁斗の肩にもたれてリングを見つめる。いままでアクセサリー類を身に着けたことがないので指への違和感はあったが、それを上まわる喜びがじわじわと指を包んでいた。

銀色のリングはつや消しが施されている、とてもシンプルなものだ。微妙なカットがあり、全体的にとても品がいい。

「あ……暁斗さんのは……」

「あるよ。もちろんお揃い」

「それって俺が出すんだよね？　えっと、分割でもいいかな……？」

貴金属に興味がない瑠佳は値段がまったくわからない。とりあえずニュースなどで金やプラチナの相場を見たことがあるくらいだ。加工品がどの程度の価格なのかはさっぱりだった。

「結婚指輪はどっちが買ってもいいらしいよ。そんなに高いものじゃないし」

「だったらやっぱり暁斗さんの分は俺が出したいです……！」

どうせならば贈りあいたいではないか。選ぶところから出来なかったのは残念だが、きっと暁斗はプロポーズと一緒に渡したかったのだろうと納得した。その代わりに、やはり瑠佳が買ったことにしたいと思った。

「わかったよ。でもこれは僕が勝手に用意したやつだから、お金は受け取らないからね」

と言いながら渡されたのはチェーンだった。どうやらリングを通してネックレスにするようだ。普段はそうやって身に着けようというのだ。

頷いて、瑠佳は暁斗のリングを受け取り、緊張しながら指に嵌めた。きちんと収まったのを見て、ほっと息が漏れた。

「やっぱり俺よりサイズ……あれ、なんで俺のサイズ知ってるの？」

「寝てるあいだに計ったから」

「……知らなかった」

眠っている瑠佳の手を取り、紐《ひも》だか糸だかを巻いたのだろうか。想像するととてもシュールで笑いが漏れた。

「それと注文はネットでしたんだけど、佐々木さんの名前を使わせてもらったんだ。僕の名前を出すと面倒なことになるかなと思って」

「あー、それは正解かも。っていうか佐々木さん知ってたんだ……比沙子さんも？」

「内緒にしてもらってる。まぁそのうちね、見つかったら話すってことで」

「うん、それでいいと思う」

　なにしろこの件に関して比沙子が自分から触れてくることはないのだ。あからさまな嫌悪だとか拒絶を示すわけではないが話題を避けている節はあるので。

　見て見ぬふりでもかまわなかった。少なくとも好きにさせてくれるのだし、佐々木に至っては全面的に協力体制だ。十分に恵まれていると言っていい。

　瑠佳はふふっと笑みをこぼした。

「うん？」

「暁斗さんに会えてよかったな、って思って」

「それは嬉しいな」

「ほんとだよ。だってあのとき来てくれなかったら、一人でどうしていいかわかんなくて、いろんなこと諦めてたかもしれないし」

いまこうして笑っていられるのは暁斗のおかげだ。得がたいパートナーが隣にいて、モカが元気で、乃愛という新しい家族も出来て、一生会うことはないと思っていた祖母の近くでゆっくりとだが交流を深めていっている。佐々木という頼れる理解者までいるのだ。

　ここに両親がいてくれたら、と思ってしまう。叶《かな》うはずもないことだけれど。

「ん？　どうしたモカ」

　びくっと耳を動かして起き上がったモカが、瑠佳の足下にきてじっと見上げてきた。抱き上げると尻尾をぱたぱたと振って甘え、くりくりとした目で見つめてきた。後を追うように乃愛もソファに上ってくる。

「うん……いまはこれがうちの家族だよね」

　小さな家族は暁斗と二人で守っていけばいい。一人じゃないというだけで心強く、満たされるものなんだなと、瑠佳は笑みを浮かべながら暁斗にもたれた。

あとがき

本作をお手に取ってくださった皆さま、はじめまして、あるいはこんにちは。きたざわ尋子《じんこ》と申します。

今回はメイン二人にわんことにゃんこ、というファミリーができあがるまで……をお送りいたしました。

最初はチワワにしようかと思っていたんですが、なんとなくポメに変更。ポメの柴犬カット姿が好きなので、作中のモカも夏場はそうなるのかなとか思ってみたり。

本当はチワワのほうが身近にモデルもいたんですけどね。知人がチワワのロングコートを飼っていて、よくわんこ込みで食事に行くので。犬同伴ＯＫのお店はテラス席の場合が多いんですが、店内ＯＫの店もそこそこあって、なかには犬用メニューなんかもあって面白いです。

そう言えば以前、とある店のテラス席に、うさぎ連れの人を見かけてガン見してしまったことがありました。犬が入っていると思い込んでいたキャリーバッグから、ぴょこんと長い耳が出て来たときは二度見しました。

猫連れも一度だけ出会ったことがありますが、やはりとても少ないですよね。猫の場合はお出かけが難しいので仕方ないんですが。

でも見かけたことは何度かあります。猫ちゃんがスケボーに座り、飼い主さんがそのスケボーを紐で引っ張って散歩していたり、ベンチに飼い主さんと座って休んでいる長毛種の子だったり。お出かけが平気な子もいるんですよね。友人の猫も平気で、しょっちゅう飼い主さんと新幹線に乗って移動してる子がいます。

今回は脇を固めるばあちゃんズも書いていて楽しかったです。あの二人が出てくると筆が乗る不思議（笑）。

とまぁ相変わらずお話自体には触れないあとがきですが、この辺で終わりたいと思います。

最後にお礼をば。

壱也《いちや》先生、美麗なイラストがとても楽しみでした。完成したものはもちろんのこと、使われなかった候補イラストのラフ（キャンプシーンなど）も素敵でしたし、モカと乃愛《のあ》の可愛さにもきゅんきゅんしました。ありがとうございました。

そしてここまで読んでくださった皆さまに、厚く御礼申し上げます。また別のお話でお会いできたら幸いです。

きたざわ尋子

LYNX ROMANCE

小説原稿募集

リンクスロマンスではオリジナル作品の原稿を随時募集いたします。

募集作品

リンクスロマンスの読者を対象にした商業誌未発表のオリジナル作品。
（商業誌未発表のオリジナル作品であれば、同人誌・サイト発表作も受付可）

募集要項

＜応募資格＞

年齢・性別・プロ・アマ問いません。

＜原稿枚数＞

４５文字×１７行（１枚）の縦書き原稿、２００枚以上２４０枚以内。
※印刷形式は自由。ただしＡ４用紙を使用のこと。
※手書き、感熱紙不可。
※原稿には必ずノンブル（通し番号）を入れてください。

＜応募上の注意＞

◆原稿の１枚目には、作品のタイトル、ペンネーム、住所、氏名、年齢、電話番号、メールアドレス、投稿（掲載）歴を添付してください。
◆２枚目には、作品のあらすじ（４００字～８００字程度）を添付してください。
◆未完の作品（続きものなど）、他誌との二重投稿作品は受付不可です。
◆原稿は返却いたしませんので、必要な方はコピー等の控えをお取りください。
◆１作品につき、ひとつの封筒でご応募ください。

＜採用のお知らせ＞

◆採用の場合のみ、原稿到着後6カ月以内に編集部よりご連絡いたします。
◆優れた作品は、リンクスロマンスより発行させていただきます。
原稿料は、当社既定の印税でのお支払いになります。
◆選考に関するお電話やメールでのお問い合わせはご遠慮ください。

宛先

〒151-0051
東京都渋谷区千駄ヶ谷４−９−７
株式会社　幻冬舎コミックス
「リンクスロマンス　小説原稿募集」係

LYNX ROMANCE イラストレーター募集

リンクスロマンスでは、イラストレーターを随時募集いたします。

リンクスロマンスから任意の作品を選び、作品に合わせた
模写ではないオリジナルのイラスト（下記各1点以上）を描いてご応募ください。
モノクロイラストは、新書の挿絵箇所以外でも構いませんので、
好きなシーンを選んで描いてください。

1 表紙用 カラーイラスト

2 モノクロイラスト（人物全身・背景の入ったもの）

3 モノクロイラスト（人物アップ）

4 モノクロイラスト（キス・Hシーン）

募集要項

＜応募資格＞

年齢・性別・プロ・アマ問いません。

＜原稿のサイズおよび形式＞

◆A４またはB４サイズの市販の原稿用紙を使用してください。
◆データ原稿の場合は、Photoshop（Ver.5.0 以降）形式でCD－Rに保存し、
出力見本をつけてご応募ください。

＜応募上の注意＞

◆応募イラストの元としたリンクスロマンスのタイトル、
あなたの住所、氏名、ペンネーム、年齢、電話番号、メールアドレス、
投稿歴、受賞歴を記載した紙を添付してください（書式自由）。
◆作品返却を希望する場合は、応募封筒の表に「返却希望」と明記し、
返却希望先の住所・氏名を記入して
返送分の切手を貼った返信用封筒を同封してください。

＜採用のお知らせ＞

◆採用の場合のみ、6カ月以内に編集部よりご連絡いたします。
◆選考に関するお電話やメールでのお問い合わせはご遠慮ください。

宛先

〒151-0051 東京都渋谷区千駄ヶ谷 4－9－7
株式会社　幻冬舎コミックス
「リンクスロマンス　イラストレーター募集」係

初出

過保護な弁護士と寂しがりな彼	2023年 リンクス5月号掲載
家族のかたち	書き下ろし

この本を読んでの
ご意見・ご感想を
お寄せ下さい。

〒151-0051
東京都渋谷区千駄ヶ谷4-9-7
(株)幻冬舎コミックス　リンクス編集部
「きたざわ尋《じん》子《こ》先生」係／「壱《いち》也《や》先生」係

リンクス ロマンス

過保護な弁護士と寂しがりな彼

2023年7月31日　第1刷発行

著者……………きたざわ尋《じん》子《こ》
発行人…………石原正康
発行元…………株式会社　幻冬舎コミックス
〒151-0051　東京都渋谷区千駄ヶ谷4-9-7
TEL 03-5411-6431（編集）
発売元…………株式会社　幻冬舎
〒151-0051　東京都渋谷区千駄ヶ谷4-9-7
TEL 03-5411-6222（営業）
振替00120-8-767643
印刷・製本所…株式会社　光邦
検印廃止

ISBN978-4-344-85254-9 C0293
Printed in Japan

幻冬舎コミックスホームページ　https://www.gentosha-comics.net